A girl for two boys

Alyssa Rodriguez

Chapitre 1

Cela faisait deux heures que j'essayais de finir mes cartons, en vain. Le stress rendait mes mouvements précipités et je ne savais plus ce que je faisais. J'entendis mon père crier depuis le rez-de-chaussée de me dépêcher. Dans moins d'une demi-heure, nous allions quitter Portland pour la Californie : cette nouvelle ne m'enchantait absolument pas. Mon père, Tom Collins, avait décidé d'agrandir son entreprise et d'ouvrir une nouvelle agence d'assurances à Los Angeles. Depuis deux ans et demi, mon père s'était lancé en libéral, il avait ouvert sa propre agence. Celle-ci avait prospéré, c'était la raison pour laquelle nous allions emménager dans un autre état. Je fermai mes derniers cartons et descendis, mon sac et ma valise à la main pour le rejoindre. Ce vieil appartement allait me manquer. J'y avais grandi et y avais surtout pleins de souvenirs avec ma mère…

Mon père n'avait jamais voulu qu'on déménage, même si depuis quelques années, il gagnait bien sa vie. J'essuyai du revers de ma main une larme qui coulait le long de ma joue et sortit de ma chambre. Ma mère ne voudrait pas me voir triste. Alors pour elle, j'allais essayer de me réjouir des nouveaux tourments que ma vie prenait.

- C'est bon, tu as fini, ma chérie ? me demanda mon père en fermant le coffre de la voiture.

J'acquiesçai et il m'informa que le reste de nos affaires seraient directement emmenées à Los Angeles.

....

Après trois heures d'avion, nous voilà arrivés en Californie. Les températures n'avaient rien avoir avec Portland. Je regrettais d'avoir mis un jeans et un sweat aussi chaud. La première chose que je remarquai en mettant un pied en dehors de l'aéroport c'était le paysage qui s'offrait devant moi. Je devais bien me l'avouer, c'était magnifique. Des plages immenses s'étendaient devant mes yeux. Au loin, je voyais le soleil se coucher. Tout le long du trajet, je n'avais pas arrêté de triturer mes ongles. Ma jambe droite me faisait mal à force de l'avoir bougé sous l'effet de l'anxiété. J'étais anxieuse à l'idée de devoir me reconstruire une vie à zéro. La voiture s'arrêta et la portière de mon père claqua, ce qui me sortit de mes pensées.

- Voici notre nouvelle maison ! s'exclama mon père avec un grand sourire.

Je le lui rendis, même si tout cela m'angoissait. La demeure qui me faisait face n'avait rien avoir avec l'endroit où je vivais auparavant. La façade était totalement blanche et la maison était sur deux étages. C'était le genre de maison que les personnes avaient dans les films. J'étais émerveillée devant sa beauté.

Quelques heures plus tard, le reste de nos affaires arrivèrent et je commençai donc à défaire mes cartons.

La musique dans les oreilles, j'essayai d'être de bonne humeur en rangeant ma nouvelle chambre. Elle était si différente de l'ancienne : elle était beaucoup plus grande, avec des murs blancs, un lit deux places qui trônait au milieu de la pièce, un bureau et un dressing immense. Des coups à la porte me firent me retourner.

- Ça avance à ce que je vois ! s'enthousiasma mon père. Il est vingt-et-une heures passées, ça te dit de sortir manger une pizza ? Comme ça, je pourrai te

faire visiter un peu la ville. De nuit elle est magnifique !
- Le voyage m'a fatigué, je préfère rester là ce soir.

Une vague de tristesse passa sur le visage de mon père, il s'assit sur mon lit et me fit face.
- Écoute, je sais que c'est dur pour toi de tout reprendre à zéro, mais ça va le faire, je te le promets.

Je lui offris un léger sourire avant de le prendre dans mes bras et acceptai finalement sa proposition de sortie. Mon père se gara devant une petite pizzeria non loin de chez nous et nous entrâmes dans le restaurant.

Nos commandes arrivèrent et nous commençâmes à manger.
- Demain, il faudra aller t'inscrire dans ton nouveau lycée. Nous avons rendez-vous à dix heures, m'annonça mon père.

Le lycée, je n'y avais pas pensé : c'était l'étape que je redoutais le plus. Je n'avais déjà pas beaucoup d'amis dans mon ancienne école, alors là, j'appréhendais. Je craignais surtout de ne pas être accepté par les autres…

Mon père dut voir la panique se dessiner sur mon visage, car il ajouta :

- Tout va bien se passer, dit-il en posant sa main sur la mienne, je suis sûr que tu vas te faire plein de nouveaux amis.
- Je sais, mais tout ça me stresse et maman me manque…
- Elle me manque aussi, mais n'oublie jamais que même si elle n'est plus là physiquement, elle sera toujours là dans nos cœurs.

Mon père ouvrit la bouche pour continuer, mais fut coupé par une tape sur l'épaule. Il se retourna et se leva pour serrer dans ses bras l'homme en face de lui. Je ne le reconnus pas tout de suite, il fallut que mon père se pousse.

- Hey, Tom, comment ça va ? le questionna l'homme.
- Oh, Patrick, tu es là, ça faisait longtemps !

Je restai bouche bée quand je vis derrière eux une tête blonde que je discernerai entre mille : Juliette Flech.

- Lilly ! s'écria Juliette en me sautant dans les bras.

Ma bouche s'ouvrit en grand et mon corps resta figé sous la surprise de la revoir après toutes ces années. Je repris mes esprits et lui rendis son étreinte. Je n'arrivais pas croire qu'elle était juste en face de moi. Ses parents étaient les meilleurs amis des miens et nous avions grandi ensemble. Nous étions inséparables jusqu'à ce qu'elle déménage à cause de leur travail.

Mon père me regarda et je compris qu'il savait que je n'allais pas être seule ici. Je le remerciai avec un signe de tête et commençai à parler avec Juliette. J'étais surexcitée à l'idée de nous raconter tout ce qu'il s'était passé pendant l'absence de l'une de l'autre.

- Je n'arrive pas à croire que tu sois là…
- Ça fait quelques semaines que mon père m'a annoncé que tu allais venir vivre ici et j'étais si impatiente que tu arrives enfin !

Cela ne pouvait pas être réel. Nous nous étions quittées quelques années en arrière et je ne pensais pas la revoir puisque j'ignorais leur destination. Heureuses, nous nous serrâmes encore dans les bras avant de reprendre le repas. Juliette me proposa de rester chez elle pour la nuit afin que l'on puisse rattraper le temps perdu.

Mon père accepta avec joie et me dit de le rejoindre le lendemain directement devant le lycée.

Après le diner, je rentrai donc auprès de Juliette. Je fus choquée devant la grandeur et la beauté de la maison des Flech : elle était magnifique. Juliette me fit une petite visite avant d'aller faire du pop-corn dans la cuisine.

- Je suis trop contente que tu puisses rester, on a tellement de choses à se dire !

Après trois ans, notre relation restait la même et j'en étais vraiment heureuse. Cela me rassurait beaucoup de l'avoir ici, dans ma nouvelle vie. Nous nous posâmes sur son lit et nous échangeâmes toutes nos histoires de ces dernières années.

Après des heures à parler, elle me révéla en riant :

- Eh bien, Aurèle, lui, il vient de partir pour l'université, tu ne t'imagines même pas comme je suis heureuse de ne plus voir sa tête tous les jours !

En entendant son nom, je me crispai d'un coup et des frissons parsemèrent mon corps. Juliette dut le remarquer car elle fronça les sourcils.

- Ça va, Lilly ? s'inquiéta-t-elle.
- Oui oui, je viens juste de penser que demain, je dois aller m'inscrire au lycée, et ça m'angoisse.

Ce n'était pas vraiment un mensonge, puisque j'étais réellement stressée pour ça, mais c'était surtout le nom de son frère qui m'avait tendue…

Après toutes ces années je pensais que j'étais enfin passée à autres choses, mais je m'étais trompée.
- Je comprends que changer d'école ne soit pas facile, mais ne t'inquiète pas, je suis là.

Je lui souris en guise de remerciement et elle me le rendit. Nous parlâmes encore un peu avant de tomber dans les bras de Morphée.

Chapitre 2

Il était *9 h 50* et j'attendais mon père devant les grilles de mon nouveau lycée. J'avais toujours la manie d'être en avance contrairement à mon père. Je n'étais pas rassurée à l'idée d'aller dans ce nouveau lycée même si je savais que j'avais Juliette avec moi. Hier soir, quand elle m'avait annoncé qu'on serait dans la même école, j'avais été soulagée et tellement heureuse. Je vis enfin mon père arriver sur le parking et je le rejoignis.

- Salut, papa, le saluai-je en le serrant dans mes bras.
- Coucou ma puce, prête pour un nouveau départ ?

Je lui souris en guise de réponse et nous pénétrâmes dans le bâtiment. Tout mon corps tremblait, mon angoisse était à son comble. Cela faisait quinze minutes que nous attendions et le stress ne faisait qu'augmenter. Je jouais avec mes doigts en essayant de me détendre tandis que mon ventre se serrait.

Une porte s'ouvrit sur une dame d'une quarantaine d'années, assez grande, habillée d'un magnifique tailleur gris. Elle nous demanda d'entrer dans son bureau. Elle me serra la main et m'invita à m'asseoir en face d'elle.

- Bonjour, je suis madame Robinson, la directrice. Tu dois être Lilly Collins ? me questionna-t-elle.

J'acquiesçai, et mon père et elle commencèrent à parler de tout ce qui touchait l'administration. J'écoutais d'une oreille distraite, repensant à hier soir et au prénom que Juliette avait prononcé. Aurèle Flech. Heureusement qu'il était parti, je ne savais pas comment j'aurais réagi si j'aurais dû le croiser souvent après ce qu'il s'était passé entre nous. Un raclement de gorge me fit sursauter.

- Je vois que tu es distraite, me fit remarquer madame Robinson, c'est normal que la nouveauté t'angoisse, mais je suis sûre que tout se passera bien dans mon établissement.
- Excusez-moi, c'est encore étrange pour moi…

Elle m'offrit un sourire de compassion. Elle avait l'air gentille, mais en même temps, elle semblait stricte quand il le fallait.

- Juste avant de finir, pourrais-tu me donner la liste des cours supplémentaires auxquels tu vas participer ? me demanda-t-elle.
- Avez-vous des cours de danse ?

La danse avait toujours été ma plus grande passion. Elle m'aidait à me vider la tête et à ne penser à rien. Je partageais cette passion avec ma mère autrefois.

- Oui, nous avons un cours.

Elle me tendit un prospectus.

- Voici toutes les informations, je t'inscris, mais le jour de la rentrée, il faudra que tu ailles sur place, me précisa-t-elle.

J'acquiesçai et nous prîmes congé. En sortant du bâtiment, je repris ma respiration. C'était comme si elle s'était coupée et que j'étais en apnée depuis une heure. Cela faisait plus de vingt minutes que nous roulions. J'étais complètement absorbée par le paysage que j'avais sous les yeux.

- La rentrée est dans une semaine, tu devrais en profiter pour sortir avec Juliette, me proposa-t-il.

C'est vrai que je devrais jouir de mes derniers jours de vacances avant de reprendre les cours. J'appelai Juliette qui accepta sans hésiter. Mon père me déposa devant le centre commercial et me souhaita une bonne journée.

- Coucou, comment ça va ? me demanda Juliette en me serrant dans ses bras. Ça s'est bien passé ce matin au lycée ?

- Oui, ça va, c'était juste bizarre.
- Oh oui, je comprends, le lycée ce n'est pas ouf…Alors prête pour une virée shopping entre filles ?

Elle me prit par le bras et nous fit pénétrer dans l'immense centre commercial. Cela me faisait rire de la voir comme ça, si joyeuse. Nous entrâmes dans une première boutique de vêtements.

- Oh, regarde cette robe, me montra Juliette, elle t'irait tellement bien, va l'essayer !

C'était vrai qu'elle était magnifique. C'était une longue robe noir bustier. Je la saisis et suivis les conseils de mon amie.
J'ouvris le rideau et sortis de la cabine d'essayage.

- Euh... je ne sais pas quoi dire, fit Juliette en restant bouche bée. Tu es parfaite, Lilly, elle te va à ravir.

Je rougis à son compliment. C'était vrai que je me trouvais belle avec cette robe. Je décidai de la prendre. Nous continuâmes notre balade jusqu'à ce que nos estomacs crièrent famine. Nous nous arrêtâmes manger dans un petit restaurant mexicain.

Nous passâmes commande et un jeune homme vint à notre rencontre.

- Salut, Rick, je ne savais pas que tu étais déjà rentré de vacances !

Juliette salua le prénommé Rick et il se tourna vers moi.

- Toi, tu dois être Lilly ! Enchanté, Juliette m'a beaucoup parlé de toi.
- Oui, c'est moi, lui répondis-je avec un sourire crispé, mal à l'aise.

J'étais toujours timide quand je ne connaissais pas mon interlocuteur. J'essayai de me détendre pour ne pas paraitre froide.

- Assieds-toi avec nous, on vient juste de commander ! Ça te va, Lilly ? me demanda-t-elle.
- Bien sûr, répliquai-je.

Ils se racontèrent leurs vacances pendant un bon moment. Rick était parti au Mexique avec sa famille. Juliette, elle, était allée voir sa famille en Europe.

- Alors comme ça, tu es nouvelle ici ? s'adressa-t-il soudain à moi.
- Je suis arrivée il y a quelques jours, oui.
- Tu es dans le même lycée que nous ? me demanda-t-il.
- Si tu es dans le même que Juliette, alors oui.

- Super, une nouvelle personne dans notre groupe ! s'enthousiasma Rick en rigolant.

Il avait l'air drôle, j'étais sûre qu'on deviendrait de très bons amis. Il avait réussi à me mettre à l'aise dès le début. Ça en voulait dire long. Nous terminâmes notre repas et Rick proposa d'aller à la plage.

- Les filles, ce soir, on sort ! Il y a une soirée à côté de la plage ! nous annonça-t-il.

Juliette me regarda pour savoir si j'étais d'accord. Je lui fis un signe de tête pour approuver et les deux me sautèrent dans les bras.

- Rick, appela-t-elle avant qu'il ne parte, tu viens nous chercher chez Lilly à dix-huit heures ?
- Bien sûr, ma belle, j'y serai ! répondit-il en lui faisant un clin d'œil.

Il était déjà 15 heures passées, le temps de rentrer et de nous préparer, cela ne nous laissait pas beaucoup de marge. En ouvrant la porte de la maison, je trouvai mon père assis dehors, un journal à la main.

- Salut, papa, dis-je en passant la porte de la baie vitrée.
- Salut, les filles, cela s'est bien passé ?

- C'était trop bien, on a acheté plein de choses, dit Juliette en me regardant avec un sourire complice.
- Papa, j'avais une question, ce soir il y a une fête à côté de la plage. Est-ce que je peux y aller avec Juliette ? lui demandai-je, en priant pour qu'il accepte.
- Oui, mais restez bien ensemble toutes les deux et ne rentrez pas trop tard.

Nous sautâmes dans les bras de mon père qui riait de notre réaction pour le remercier. On perdit pas une seconde et on monta dans ma chambre, nous préparer.

Chapitre 3

J'enfilai quelques bijoux, mis un peu de parfum et me voilà fin prête. Je rejoignis Juliette qui était dans la salle de bain. Quand elle me vit, sa bouche s'ouvrit en grand.

- Waouh, Lilly, tu es magnifique ! me dit-elle en me regardant.
- Merci beaucoup, lui répondis-je, les joues rougies par son compliment.

Je portais une longue robe blanche avec une fente à la jambe du côté droit et un dos nu. J'avais accompagné cela avec des talons qui s'accrochaient autour de mes chevilles. Pour une fois, j'aimais bien ce que le miroir reflétait.

Juliette était également magnifique. Elle portait une robe rouge moulante avec une paire de talons noirs. Nous étions belles toutes les deux. J'allai chercher mon sac et mon téléphone et remarquai qu'il était déjà dix-sept heures cinquante-cinq. Nous allions être légèrement en retard. Je demandai à Juliette si elle avait fini et nous descendîmes. Mon père nous vit et nous admira avec un grand sourire.

- Vous êtes magnifiques, nous complimenta-t-il, faites attention à vous et ne rentrez pas trop tard.

J'allai le saluer avant de partir, mais il me retint.

- Tu ressembles beaucoup à ta maman et elle aurait été très fière de toi, me chuchota-t-il.

Je le pris dans mes bras, les larmes aux yeux. Ma mère nous manquait énormément à tous les deux. Je repris vite mes esprits et sortis rejoindre Juliette qui attendait dehors.

- Salut les filles ! Allez, montez, on va être en retard, nous pressa Rick.

Juliette s'assit à l'avant avec Rick tandis que je prenais place à l'arrière. Le voyage fut rapide car je n'habitais qu'à dix minutes à peine de la plage en voiture. Le véhicule s'arrêta et nous descendîmes.

À côté de la plage, il y avait une immense place avec un bar déjà bruyant et plein à craquer. Juliette et Rick saluèrent leurs amis et nous nous posâmes à une table. Nous prîmes chacun une bière.

- Il y a beaucoup de monde, fis-je remarquer à mes deux amis.
- C'est toujours comme ça avant la rentrée, me dit Rick.

Il remarqua quelqu'un au loin et s'excusa en allant le rejoindre. En voyant le regard qu'il lui avait lancé, il ne devait pas être qu'un simple ami. Juliette dut lire dans mes pensées, car elle me dit :

- C'est son petit ami, il s'appelle Julien.

J'observai les gens danser et me retournai vers Juliette. À la façon dont elle me regardait, je devinai ce à quoi elle était en train de songer.

- Ça sera sans moi, Ju', lui dis-je avant qu'elle ne puisse prononcer quoi que ce soit.
- Allez, Lilly, juste une danse ! Ça va être drôle, me supplia-t-elle avec des yeux de merlan frit.

J'acceptai à contrecœur et nous nous dirigeâmes vers la piste de danse. Je me heurtai à quelqu'un sur le passage et me retournai vers la personne.

- Je suis désolée, lui criai-je mes excuses.

À cause de la musique, il ne dut pas m'entendre car il ne répondit rien et partit aussi vite qu'il était apparu. Je sentis qu'on me tirait le bras et me rendis compte que c'était Juliette.

- Tu es lente, toi ! me hurla-t-elle dans les oreilles en rigolant.

La chanson qui passait n'était autre que l'un des titres de Beyoncé, la Queen de la musique. Nous commençâmes à nous ambiancer. On s'amusait bien. Je ne me prenais pas la tête et dansais à fond. La musique se termina et je me dirigeai vers le bar pour boire quelque chose, fatiguée de m'être déhanchée. Quelqu'un s'assit à côté de moi.

- Hey, tu es nouvelle ? me demanda l'inconnu à côté de moi.

Il avait l'air assez grand, il était blond avec quelques tatouages. Il fallait le reconnaître, il était très beau.

- Oui, je m'appelle Lilly Collins, lui répondis-je.
- Moi c'est Jayden Évelin. Ça fait combien de temps que tu es ici alors ?
- Seulement quelques jours, je suis là à cause du travail de mon père.
- Cool, ça te dit de venir nous rejoindre là-bas avec mes potes ? me proposa-t-il.

Je n'eus pas le temps de répliquer que j'entendis quelqu'un me devancer.

- Je t'ai cherchée partout, tu aurais pu me prévenir que tu partais de la piste de danse, me reprocha mon amie, même si je voyais à sa tête qu'elle ne m'en voulait pas vraiment.

- Salut, Ju', lui dit Jayden.
- Oh salut, Jay', ça va ? Je vois que tu as déjà fait connaissance avec ma meilleure amie ! rigola-t-elle.
- Oui, je l'ai croisée ici. Je lui ai proposé de venir avec les gars et moi là-bas, tu veux venir aussi ? lui proposa-t-il.

Elle accepta, me prit par les épaules et nous le suivîmes. Nous arrivâmes vers un petit groupe de trois garçons que je ne connaissais pas. Mais je reconnus l'un deux, il s'agissait de celui que j'avais bousculé quelques heures plus tôt.

- Les gars, voici Lilly Collins, elle est nouvelle ici, me présenta Jayden aux autres. Et Juliette, mais vous la connaissez déjà.

Je les saluai tous de la main. Je m'assis à côté d'un garçon qui s'appelait Conrad et à sa droite c'était Emil. Tous les deux avaient les cheveux très noirs et semblaient plus petits que Jayden. Le seul qui ne m'avait pas dit bonjour était celui que j'avais bousculé avant. Son visage était froid.

- Oh et lui, c'est Benjamin, excuse-le, il n'est pas très sociable avec les nouveaux, rirent les deux garçons.

- Fermez-la, les mecs, les rembarra-t-il.

Je sentais que lui et moi n'allions pas devenir les meilleurs amis.

Nous passâmes la soirée avec eux, j'apprenais qu'ils étaient tous au même lycée que nous. Je discutais beaucoup avec Conrad tout en remarquant le regard mauvais de Benjamin pausé sur nous. Il me déstabilisait. *Pourquoi me fixait-il comme ça ?* Son regard froid ne lâchait pas le mien. Ses yeux était d'un bleu magnifique, comme l'océan. Mes yeux descendirent et l'analysèrent. Ses cheveux étaient de couleur noisette et il était complétement vêtu de noir. Même sous ses habits je pouvais très bien deviner qu'il était musclé. Je devais bien me l'avouer, il était très beau. Gênée de l'avoir fixé à mon tour, je détournai la tête pour me concentrer à nouveau sur mon nouvel ami.

Vers une heure du matin, Juliette et moi les quittâmes et nous essayâmes de retrouver Rick. Juliette l'appela cinq fois avant qu'il ne décroche.

- Mec tu es toujours collé à ton téléphone, tu ne peux pas répondre ?! lui cria-t-elle. D'accord désolée alors… Amuse-toi bien ! rit-elle avec un sourire rempli de sous-entendus. À demain !

Elle raccrocha et pianota sur son téléphone.
- Rick est occupé, m'apprit-elle en riant. J'ai envoyé un message à Jayden, il va nous ramener.

Quelques minutes plus tard, ce dernier arriva vers nous et nous le suivîmes jusqu'à sa voiture.

Il nous ramena chez nous en nous souhaitant une bonne nuit.

Chapitre 4

Cette semaine s'était écoulée si vite que j'avais l'impression de ne pas l'avoir vue passer. J'en avais profité en sortant avec Juliette et Rick à la plage. Je n'avais pas beaucoup vu mon père car il venait de reprendre le travail. Nous étions dimanche soir et j'entendis toquer à ma porte, mon père entra.

- Coucou ma chérie, me dit-il en s'asseyant sur mon lit, tu es prête pour demain ?

Eh oui, demain c'était le jour de la rentrée. Cela me stressait et pour être honnête, je n'avais pas du tout envie de reprendre les cours. Mais oui, j'étais prête.

- Je vais m'habituer et j'ai Juliette et Rick donc ça va aller, le rassurai-je.

Je lui avais présenté Rick et il l'avait beaucoup aimé. Il le trouvait très drôle.

- Fais attention à toi, bonne nuit, je t'aime ! dit-il en m'embrassant le front et sortit de ma chambre.

Il était déjà tard et demain le réveil allait piquer à six heures et demie. Je décidai de me coucher pour être en forme le lendemain.

BIP BIP BIP

Le doux bruit de mon réveil ne m'avait absolument pas manqué. Je l'éteignis et me dirigeai vers la salle de bain pour me préparer. Dix minutes plus tard, je descendis à la cuisine où je croisai mon père.

- Bien dormi ? me questionna-t-il en me faisant passer une tasse de café.
- Ça va et toi ?
- Bien, tu veux que je te dépose au lycée ? proposa-t-il en débarrassant la sienne.
- Non merci, Juliette et Rick viennent me chercher.

Il me salua, me souhaita une bonne journée et partit au travail. Je montai chercher mes affaires et sentis mon téléphone vibrer dans ma poche.

De Ju' :
On est là ;)

Je verrouillai la porte d'entrée et entrai dans la voiture de Rick.

- Salut beauté, prête pour ton premier jour ? me demanda Rick.
- Pas trop envie de reprendre les cours, mais heureusement que vous êtes là…
- C'est clair, on est les meilleurs ! se vanta-t-il.

Nous nous mîmes tous les trois à rigoler. Arrivés devant les grilles du lycée, mon sourire se fana.

- Ne t'inquiète pas, ça va aller, me rassura Juliette.

Elle me prit la main et me la serra en guise de soutien, et je lui rendis son sourire.

Nous sortîmes de la voiture et nous dirigeâmes vers le bâtiment. Je les suivis jusqu'au hall où toutes les classes étaient affichées.

- Lilly, on est ensemble ! s'exclama-t-elle en me prenant dans ses bras.

J'étais tellement soulagée et heureuse qu'on soit ensemble. Nous nous déplaçâmes vers notre classe et nous assîmes à l'avant-dernier rang. Je vis Jayden, Conrad et Emil entrer dans la pièce. J'étais contente de connaître déjà quelques têtes. Et bien sûr, Benjamin qui était juste derrière. Du moment que l'on ne s'adressait pas la parole, tout allait bien se passer. Le prof entra quelques minutes après et ordonna le silence.

- Bonjour, je m'appelle Monsieur Perilson et je serai votre professeur principal pour cette année, nous annonça-t-il.
- Super, je n'aime pas ce prof… me chuchota Juliette en se penchant vers moi.
- Mademoiselle Flech, auriez-vous quelque chose à partager avec la classe ? lui demanda-t-il avec un air sévère.

Elle lui répondit d'un geste de tête que non et il reprit ses explications. J'essayais de prêter attention à ce qu'il disait, mais je sentais derrière moi un regard pesant. Je me retournai et vis Benjamin détourner la tête au même moment. *C'était quoi son problème ?*

- Bon, le cours est terminé. À demain ! nous libéra monsieur Perilson.
- Enfin, souffla Juliette avec soulagement.

Juliette et moi allions nous diriger vers la sortie quand Jayden s'approcha de nous.

- Salut les filles, ça vous dit de sortir manger un truc ce soir, on va au resto habituel, nous proposa-t-il.

- Perso, je suis chaude, répondit Ju' en me regardant.
- Je serai là aussi, lui dis-je en souriant.

Il nous salua et rejoignit les autres.

- Tu as un peu de bave, fis-je remarquer à Ju' en montrant le bord de sa lèvre.
- N'importe quoi ! s'exclama-t-elle, les joues rouges.

Elle sortit précipitamment en baisant le visage. C'était clair, elle avait craqué pour Jay. Je la rattrapai dehors, nous quittâmes le lycée.

Nous étions sur le chemin pour rentrer chez moi quand Juliette reçut un appel.

- Allô... Oui, je suis avec elle, pourquoi ?... Attends, je lui demande... Je t'envoie un message après... Oui, je t'aime aussi, à toutes.

Elle raccrocha.

- C'était ma mère, elle me demande si ça te dit de venir manger à midi, ça fait longtemps qu'elle ne t'a pas vu, me proposa-t-elle.

Marie était comme une deuxième mère pour moi. Ma mère et elle avaient été très proches. Elle m'avait beaucoup aidée quand celle-ci était décédée.

- Avec plaisir, je serais contente de la voir !

Nous changeâmes donc notre trajectoire et nous dirigeâmes vers la maison de Juliette.
- C'est nous ! cria Ju' en ouvrant la porte.

À peine ces mots eurent franchi ses lèvres que je vis une femme courir vers nous.
- Lilly ! s'écria la mère de Juliette en me serrant dans ses bras. Tu m'as tellement manqué, ma puce !
- Toi aussi, Marie, lui répondis-je.
- Tu as tellement grandi et tu ressembles tellement à ta maman ! me dit-elle, les yeux brillants.

Je lui souris pour seule réponse. Elle nous laissa tranquilles et nous montâmes dans la chambre de Juliette.
- C'est limite si elle n'était pas plus contente de te revoir plutôt que moi, lâcha Juliette en rigolant.

Nous nous mîmes toutes les deux à rire. Quelqu'un frappa à la porte et celle-ci s'ouvrit sur le père de Juliette.
- Salut ma puce, salut Lilly, ça va ? nous demanda-t-il.
- Oui, merci, la remerciai-je.
- Je venais pour vous prévenir que le repas est prêt, nous annonça-t- il.

Nous acquiesçâmes et descendîmes. Marie avait préparé ses délicieuses lasagnes. C'était mon plat préféré quand j'étais plus jeune et ça l'était toujours aujourd'hui. Nous nous assîmes tandis qu'elle servait nos assiettes. Nous commencions à manger lorsque nous entendîmes la porte d'entrée claquer. Je tournai la tête vers Juliette qui haussa les épaules, signe qu'elle n'avait aucune idée de l'identité de ce retardataire.

- Désolé pour le retard, dit une voix qui me crispa.
- Pas de souci, Aurèle, assieds-toi que je te serve.

Chapitre 5

Aurèle Flech. Le grand frère de Juliette, et également mon ex. Je restai figée un moment, comme si mon corps ne m'appartenait plus. Je sentis quelqu'un me toucher le bras et m'appeler.

- Eh, Lilly, tout va bien ? s'inquiéta Juliette, ainsi que sa mère.
- No… oui oui, tout va bien, je reviens, je vais aux toilettes ! mentis-je.

Je m'enfermai dans les toilettes et soufflai un bon coup. Je lâchai un hoquet de surprise quand je découvris ma tête dans le miroir en face de moi. J'étais pâle, mon visage avait perdu toutes ses couleurs. Je ne m'attendais pas du tout à le revoir. J'avais treize ans quand je l'avais vu pour la dernière fois. J'avais secrètement été amoureuse du grand frère de ma meilleure amie, et lorsque j'avais treize ans et lui quinze, j'avais appris qu'il partageait aussi mes sentiments. Nous avions entretenu une relation secrète avant qu'ils ne partent tous pour Los Angeles. Aurèle ne m'avait pas dit au revoir et ne m'avait plus jamais donné de nouvelles, me brisant le cœur. Bien sûr, Juliette n'était pas au courant de tout ça, et ne devait jamais le savoir. Je me passai un peu d'eau froide sur le visage afin de reprendre mes esprits et retournai à table. J'essayais de tout mon possible d'avoir une attitude impassible.

- Tu es sûre que ça va ? s'inquiéta Ju'.
- Oui, ne t'en fais pas, la rassurai-je alors qu'au fond de moi, je n'étais pas bien du tout.

Nous poursuivîmes le repas comme si de rien n'était. Aurèle ne m'avait lancé aucun regard depuis son arrivée. Il gardait les yeux rivés sur son assiette sans dire un mot. Son comportement m'énervait. J'étais en colère contre lui, sa présence avait rouvert des blessures que je pensais guéries depuis longtemps. Après le repas, Ju' et moi montâmes dans sa chambre.

- Bon, tu vas m'expliquer ce qu'il se passe, m'ordonna-t-elle.
- J'ai... J'ai juste été choquée de voir ton frère après tant d'années. C'est tout, essayai-je de la convaincre.

Elle acquiesça, peu dupe, mais changea de sujet à mon plus grand soulagement.

- Tu vas t'habiller comment ce soir ? me demanda-t-elle alors qu'elle pianotait sur son téléphone.

J'avais complètement oublié que nous devions sortir au restaurant avec les garçons, ce que je lui fis remarquer.

- Bon, je vais m'occuper de toi alors ! s'enthousiasma Juliette.

Je la laissai faire même si j'appréhendais le résultat. J'enclenchai notre playlist avec nos musiques préférées et nous commençâmes à nous préparer en improvisant un karaoké. Cette fille était géniale, je l'aimais énormément.

Deux heures plus tard, nous étions fin prêtes, enfin presque. Juliette me donna une paire de boucles d'oreille qu'elle me dit de mettre. Je me postai devant le miroir et admirai le résultat.

- Waouh je..., bégayai-je.
- Tu es magnifique, Lilly, me complimenta-t-elle.

Je la remerciai et nous descendîmes alors que Marie nous arrêtait.

- Vous êtes magnifiques, les filles ! s'exclama-t-elle émerveillée.

Avant de partir, je me retournai vers le salon. Aurèle me fixait de ses beaux yeux bleus, mais je détournai vite la tête. Je pris

Juliette par le bras et nous sortîmes. Nous montâmes dans sa voiture et nous dirigeâmes vers le restaurant. Les garçons nous avaient donné rendez-vous dans un petit établissement chic et très chaleureux. Ils étaient en train de parler et quand ils nous virent arriver, ils restèrent tous bouche bée.

- Euh... Waouh, vous êtes magnifiques, bégaya Jayden en fixant Juliette.
- Vous êtes canon, les filles ! dirent Conrad et Emil en chœur.

Seul Benjamin ne prononça aucun mot, mais son regard ne me lâchait pas.

Je me sentis mal à l'aise et saisis la main de Juliette afin de nous asseoir.

Un serveur vint vers nous pour prendre nos commandes.

- Avez-vous choisi ? demanda le serveur sans me lâcher du regard.
- Une pizza à la truffe pour moi, répondit Jayden.
- Pour moi aussi, enchaînèrent Conrad et Emil ensemble.
- Je prendrai un plat de pâtes carbonara, dit froidement Benjamin en fusillant du regard le serveur.

Il se tourna vers Juliette et moi.
- Et pour vous mesdemoiselles ?
- Une salade césar pour moi, lui dit-elle.
- Je vais prendre un risotto aux champignons, lui dis-je en souriant.

Il me rendit mon sourire et s'en alla.
- J'en vois un qui a craqué sur Lilly ! rigola Jay.
- La ferme, cracha Benjamin.

Juliette me regarda d'un air interrogateur et je haussai les épaules pour toute réponse. Il était très étrange. Le serveur revint quelques minutes plus tard avec nos plats.
- Et voici pour vous, prononça-t-il en posant mon assiette devant moi. Bon appétit, me murmura-t-il plus bas en me faisant un clin d'œil.
- C'est bon, vous avez effectué votre travail. Vous pouvez partir maintenant, intima Benjamin en direction du serveur.

Celui-ci déglutit difficilement et s'en alla sans rien dire.
- C'est quoi ton problème sérieux ?! hurlai-je sur Benjamin.
- Là tout de suite ? Toi, je dirais, rit-il un d'air moqueur.

Je me levai et quittai la table. J'entendis quelqu'un m'appeler, mais je ne me retournai pas. J'ouvris la porte des toilettes et m'enfermai dedans. Il avait le don de me faire sortir de mes gonds. Déjà qu'il avait agressé le serveur et maintenant, il disait que je lui posais problème. Je le détestais. Quelqu'un toqua à la porte.

- Lilly, c'est moi, Ju', murmura-t-elle. Ouvre-moi s'il te plait…

Je lui ouvris la porte et elle me prit dans ses bras.

- C'est un vrai connard, ne l'écoute pas, me rassura-t-elle. Est-ce que tu veux qu'on parte ?

Je lui répondis que ce n'était pas la peine et nous retournâmes à table.

Un malaise s'était installé. Chacun mangeait sans dire un mot. Jayden coupa ce silence et nous raconta ses blagues peu drôles pour essayer de détendre l'atmosphère et il y parvint. Le reste du repas se passa bien, je ne lançai aucun regard en direction de Benjamin.

- Bon, je vous invite, nous annonça Jayden.

Nous le remerciâmes tous infiniment. Les garçons l'accompagnèrent payer et sortirent fumer une cigarette. Je prévins Juliette qu'il fallait juste que je me rende aux toilettes, elle acquiesça et se dirigea vers les garçons. En revenant, je vis le serveur venir vers moi.

- Salut, dit-il timidement, je m'appelle William et je voulais savoir si ça te dirait d'aller boire un verre un de ces jours ? me proposa-t-il.

J'hésitai quelques secondes, il avait l'air gentil. Pourquoi ne pas sortir avec quelqu'un ?

- Oui, avec plaisir, tiens, je te donne mon numéro.

Il me prêta son téléphone et j'inscrivis mon numéro à l'intérieur.

- Demain soir, ça te va ?
- Parfait !

Je le remerciai et rejoignis les garçons et Ju' dehors. Avant de sortir, quelqu'un m'interpella.

- Il te voulait quoi ? s'emporta Benjamin.
- Ce ne sont pas tes affaires alors ferme-la, tu veux ? lui répondis-je froidement.
- Tout va bien ? s'inquiéta Juliette.
- Oui oui, ne t'inquiète pas, la rassurai-je.

Nous saluâmes les garçons et elle me déposa chez moi.

Chapitre 6

Le réveil indiqua 3 h 57. Je ne trouvais toujours pas le sommeil. Mes pensées se bousculaient, je voulais que ça s'arrête. Je me sentais mal depuis que j'avais revu Aurèle. Pourtant, cela faisait déjà trois ans que tout était terminé. Et cerise sur le gâteau, Benjamin était insupportable. Je ne le comprenais pas. Je me levai et allai dans la cuisine boire un verre d'eau. Je criai lorsque quelqu'un me rentra dedans.

- Tu m'as fait peur, dis-je à mon père, la main sur mon cœur.
- Désolé, ma chérie, s'excusa-t-il. Mais pourquoi tu es réveillée à une heure pareille ?
- Je ne trouve pas le sommeil, lui avouai-je.
- Qu'est-ce qui ne va pas ? s'inquiéta-t-il.
- Je suis un peu perdue, c'est compliqué de refaire sa vie autre part, lui annonçai-je.

Ce n'était pas faux, mais ce n'était pas vraiment la raison principale. Il me serra dans ses bras et me murmura qu'il fallait du temps, mais que tout irait bien. J'allai boire un verre d'eau et lui indiquai que je remontais essayer de dormir.

BIP BIP BIP

Aïe, le réveil à 7 heures faisait mal. Je m'étais endormie vers 5 heures donc je n'avais pas beaucoup dormi. Je me levai et allai me préparer. Je lâchai un hoquet de surprise en voyant ma tête. J'avais de gros cernes et j'étais pâle. J'essayai d'arranger ça. Mon téléphone sonna et afficha une notification de Rick.

Salut, ma voiture est au garage donc je ne pourrai pas t'amener en cours et Juliette ne sera pas là ce matin, désolé.

Bon, j'allais devoir y aller à pied. Heureusement, je n'étais qu'à vingt minutes du lycée.
Je déjeunai à toute vitesse et partis à l'école.
Je passai à mon casier chercher mes affaires de gym. Quand je me retournai, je vis Benjamin embrasser une de ses groupies. Ça me dégoutait vraiment. Il était avec une fille différente chaque semaine.

Je me changeai et entrai dans la salle. Je remarquai Jayden me saluer d'un grand geste de bras et le rejoignis.

- Hey ça va, Lilly ? me demanda Jay.
- Oui ça va.
- Juliette n'est pas là aujourd'hui, remarqua-t-il.
- Non, elle avait un rendez-vous.

Il acquiesça et sortit son téléphone en pianotant dessus. Il se questionnait où pouvait être Juliette. Intéressant. Le prof de gym entra et commença son cours.

- Cette année, j'ai décidé de prendre un assistant ! Et quoi de mieux que l'un de mes anciens élèves, dit-il en désignant la porte de la salle de gym.

Et c'est là que je le vis. C'était impossible. J'allais devoir voir Aurèle à tous ses cours. Je sentis mon angoisse monter et courus me réfugier dans les vestiaires. Le professeur me criait de revenir, mais je ne l'écoutais pas.

Je me plaquai contre le mur et me laissai tomber à terre. J'essayai de contrôler ma respiration en vain. J'entendis quelqu'un entrer, mais n'y fis pas attention.

- Ça va ? dit une voix qui me semblait familière.

Je levai la tête et fus surprise en voyant Benjamin devant moi.

- Que veux-tu ? crachai-je.

- Je viens juste te demander si tout va bien, tu as quitté le cours… se justifia-t-il.
- Ce n'est pas ton problème.
- Je voulais juste t'aider, s'énerva-t-il.
- M'aider ? rigolai-je d'un rire jaune. Je ne te comprends pas, un coup, je te pose problème, un autre, tu veux m'aider, il faut m'expliquer là !
- Tu sais quoi, laisse tomber ! s'exclama-t-il en tournant les talons.

Je décidai de me changer et de rentrer chez moi. Je ne savais pas quelle excuse j'allais donner à mon père, mais j'avais toute la journée pour y penser. Je passai tout mon temps devant la télé à manger n'importe quoi. J'avais reçu beaucoup de messages et d'appels de Juliette, de Jayden et de Benjamin, mais je les ignorai tous. Je me demandais comment Benjamin avait eu mon numéro. Un bruit de serrure me réveilla. J'avais dû m'assoupir pendant quelques minutes.

- Lilly ?! cria mon père d'une voix autoritaire.
- Je suis dans le salon ! criai-je à mon tour pour lui répondre.
- Il va falloir s'expliquer, jeune fille, fit mon père d'un air énervé, le lycée m'a appelé pour me dire que tu

étais partie de la gym et que tu n'avais pas été en cours le reste de la journée.
- Je ne me sentais pas bien, je crois que j'ai pris froid, lui mentis-je.
- Pas à moi, souffla-t-il. Qu'y a-t-il, ma chérie ? me demanda mon père d'une voix plus douce.

Je sentais qu'il y avait de l'inquiétude dans son ton. Mais je ne pouvais pas lui expliquer que je venais d'apprendre qu'Aurèle, avec qui j'avais eu une relation dont personne n'était au courant, allait être l'assistant du prof de gym. Donc que cela voulait dire que j'allais le voir chaque semaine pendant toute l'année. À la place j'essayai quand même d'inventer quelque chose, même si ce n'était pas totalement faux.
- Écoute, papa, commençai-je, je n'arrive pas à m'habituer à cette vie.
- Mais comment ça, tu as Juliette en plus ici ? me répondit mon père.
- Je sais et heureusement, mais ma vie d'avant me manque, maman me manque. J'ai l'impression de l'avoir laissé tomber et de l'oublier en étant partie, continuai-je, la voix tremblante.

Il me prit dans les bras et me rassura.

- Pour cette fois, je laisse passer, me dit-il, mais je veux que tu me parles quand ça ne va pas au lieu de me le cacher.
- Oui, je te le promets.
- Appelle Juliette et demande-lui de sortir. Ça te changera un peu les idées, me proposa-t-il.

J'acquiesçai et montai dans ma chambre appeler Juliette.
- Allô ? dit-elle.
- Coucou, c'est Lilly !
- Oh, Lilly, pourquoi tu ne m'as pas répondue de la journée ? s'énerva-t-elle. Je me suis inquiétée.
- Je ne me sentais pas bien, j'ai de la peine à m'habituer à cette nouvelle vie… lui avouai-je en omettant délibérément l'épisode Aurèle.
- Je comprends, me rassura-t-elle. Prépare-toi, on sort ce soir, Jayden fait une fête chez lui !

J'acceptai et elle me dit qu'elle passerait me chercher vers dix-neuf heures. Je raccrochai et me dirigeai vers la salle de bain pour prendre une bonne douche et me remettre les idées en place. L'eau chaude qui ruisselait sur ma peau me fit un bien fou. J'enroulai une serviette autour de mon corps, et vis que mon père m'avait envoyé un message.

De Papa :

Je serai chez les Flech ce soir, profite avec Juliette. Bisous, je t'aime fort ma puce !

Je retournai dans ma chambre et je m'habillai pour la soirée. J'enfilai une robe violet foncé qui m'arrivait juste au-dessus des genoux. J'accordai ma tenue avec des talons violets également et quelques bijoux. À dix-neuf heures, j'entendis un klaxon de voiture et me dépêchai de sortir pour rejoindre Juliette. Mais ce n'était pas Juliette que je trouvais, c'était Benjamin.

Chapitre 7

- Qu'est-ce que tu fous là ? demandai-je à Benjamin.
- Je t'emmène à la soirée, aller monte, Collins, m'ordonna-t-il.

Je ne comprenais pas pourquoi Juliette ne m'avait rien dit. Je montai à contrecœur dans sa voiture et me collai le plus possible à la portière. J'entendis un rire provenant de mon voisin.

- Qu'est-ce qui te fait rire ? crachai-je.
- Tu ne veux pas encore plus te coller à la vitre ? fit-il en rigolant.

C'était la première fois que je l'entendais rire. Il était vraiment magnifique et sexy. *Mais qu'est-ce que je disais ?*

- Je sais que je suis beau, mais arrête de me mater comme ça, prononça-t-il d'un ton arrogant.

Je levai les yeux au ciel et me rassis normalement. Heureusement, nous arrivâmes vite devant la maison de

Jayden. Je sortis à toute vitesse et pénétrai à l'intérieur. Je cherchai Juliette et la trouvai dans la cuisine aux côtés de Jayden et des autres.
- Lilly ! cria-t-elle en me serrant dans ses bras quand elle me vit entrer dans la pièce.
- Il va falloir que tu m'expliques pourquoi c'est l'autre con qui est venu me chercher et pas toi ? lui dis-je un peu énervée qu'elle ne m'ait pas prévenue.

En parlant du loup, il fit son apparition tout en me fusillant des yeux. Je me retournai vers Juliette et attendis qu'elle s'explique.
- J'ai eu... Euh… Un empêchement, bégaya-t-elle en lançant un regard qui voulait tout dire à Jay'.

Je compris et décidai de laisser passer. En revanche, il fallait que nous ayons une discussion pour qu'elle me raconte tout. Elle me prit par le bras et m'amena sur la piste de danse.
- Je n'ai pas envie de danser ! lui criai-je pour qu'elle puisse m'entendre.
- Allez, Lilly, amuse-toi ! hurla-t-elle à son tour en commençant à bouger.

J'hésitai quelques secondes et la rejoignis. Je décidai de lâcher prise et de profiter avec ma meilleure amie. Nous dansâmes pendant près d'un quart d'heure. Quand les dernières notes de musique résonnèrent, je me dirigeai vers la cuisine pour aller me servir un verre. Danser durant quinze minutes, ça donnait soif. Je me versai un verre de thé glacé et quand je me retournai, je me heurtai à quelqu'un.

- Lilly… hésita la voix de l'homme que j'avais devant moi.

Quand je vis Aurèle, j'essayai de partir, mais je sentis qu'on me retenait le bras.

- Attends, laisse-moi t'expliquer ! me supplia-t-il.
- Je ne veux plus rien avoir à faire avec toi, Aurèle ! lui crachai-je.

Je me défis de son emprise et sortis le plus vite possible. Juliette dansait toujours, je me retournai vers elle pour oublier ce qu'il venait de se passer. Je ne me sentais pas à l'aise, je sentais le regard de quelqu'un dans mon dos. Je fis un demi-tour et vis que Benjamin me regardait. Ses yeux froids et intenses me fixaient. Je n'arrivais pas à détourner le regard, mais j'y fus bien obligée quand on me tira vers l'extérieur.

- Mais ça ne va pas la tête ?! hurlai-je.
- Lilly, tu ne peux pas continuer à m'ignorer ! s'énerva Aurèle.
- Je ne veux pas te parler, tu m'as détruite !

- Laisse-moi tout t'expliquer, dit-il d'un ton doux.
- Elle t'a dit qu'elle ne voulait pas ! cracha une voix que je reconnus immédiatement.

J'essuyai mes larmes et vis Benjamin et Aurèle se faire face.

- Tu es qui toi pour commencer ? demanda Aurèle d'un ton supérieur.
- Je suis son copain, donc tu vas directement dégager si tu ne veux pas avoir de problèmes.

Mon copain ?

Le visage d'Aurèle se décomposa avant de nous fusiller tous les deux du regard et de retourner dans la maison, mais avant, il me fit face.

- Je ne laisserai pas tomber, Lilly.

Je soufflai de soulagement en le voyant disparaître à l'intérieur. Je m'assis sur le muret et me pris la tête entre les mains. *Comment osait-il me parler après tout ce qu'il m'avait fait subir ?* Je tremblais tellement j'étais énervée. Je sentis Benjamin s'installer à côté de moi.

- Pourquoi tu as dit que tu étais mon copain ? lui demandai-je.

- Un merci peut-être ? Ce mec a l'air d'être un gros con et je ne voulais pas qu'il te fasse du mal, m'avoua Benjamin.
- Merci, murmurai-je.

Un blanc s'installa entre nous. Personne ne parlait jusqu'à ce qu'il brise le silence.
- Tu veux que je te ramène ? me proposa-t-il.
- Oh non, ne t'embête pas. Je t'ai déjà assez dérangé pour aujourd'hui, lui dis-je en me levant et me dirigeant vers la maison.
- Tu fous quoi là ? Tu veux revoir l'autre connard de tout à l'heure ?

Je n'y avais pas pensé, mais il fallait que je retrouve Juliette pour rentrer.
- Je vais juste voir Juliette pour lui dire que je rentre.
- Envoie-lui un message et viens, je te ramène ! m'ordonna-t-il.

Je soufflai, mais acceptai son offre.

À Juliette :
Je rentre, si jamais on se voit demain. Bisous.

Je m'assis du côté passager et me perdis dans mes pensées. J'entendis Benjamin m'appeler, ce qui me fit sortir de mes pensées.

- Lilly, tu m'écoutes ? me demanda-t-il.
- Oui oui, désolée…
- C'était qui ?

Je n'avais absolument pas envie de parler d'Aurèle et sûrement pas avec lui.

Il vit que je n'allais pas répondre et souffla d'agacement. Il me posa devant chez moi et je sortis de la voiture. J'entendis une porte claquer derrière moi.

- Pourquoi tu sors ? l'interrogeai-je.
- Je... Euh, tu as oublié… un stylo, bégaya-t-il.

Un stylo ? Sérieusement ?

- Bon, bonne nuit, fit-il en montant dans sa voiture.

Il avait vraiment un comportement bizarre, je ne le comprenais pas.

……..

Deux jours plus tard :

Je me levai à contrecœur. L'envie d'aller en cours n'était absolument pas présente. J'enfilai un jean et un pull. Je n'avais aucune envie de fournir un effort pour aujourd'hui. Je passai à mon casier prendre mes affaires et quand je l'ouvris, je trouvai une lettre. Je ne perdis pas une seconde et entama la lecture.

Coucou,
C'est Aurèle, attends, ne déchire pas cette lettre et lis-la jusqu'à la fin. Je sais que j'ai été un gros con, mais j'ai besoin de te parler. S'il te plait, accorde-moi juste 5 minutes. Rendez-vous à 18 h au café à côté du lycée, je t'y attendrai.
Je te donne mon numéro si besoin.

Il n'allait jamais lâcher l'affaire, mais je me dis que si je l'écoutais et qu'il me donnait les réponses à mes questions, je pourrai enfin tourner la page et passer à autre chose. Je mis la lettre dans ma poche et me dirigeai vers ma classe. À midi, je rejoignis les autres à la cafétéria. Ils étaient déjà tous là-bas.

- Coucou ! me salua Juliette en me prenant dans ses bras.

Les autres l'imitèrent et je m'assis à côté de ma meilleure amie.

- Ça vous dit d'aller au ciné après les cours ? nous proposa Conrad.
- Oui ! s'enthousiasma Juliette.

Tout le monde accepta et ils discutèrent à propos du film qu'ils voulaient aller voir.
- Je ne peux pas, j'ai déjà quelque chose de prévu, leur dis-je.
- Tu fais quoi ? me demanda froidement Benjamin.
- Calme-toi, mec, rigola Jay'.

Il me fusilla du regard et quitta la table.
- Il a vraiment un problème celui-là, lâcha Jayden en rigolant, et Emil et Conrad le suivirent
- Tu es sûre que ça va ? me murmura Juliette.

Je lui dis que oui et nous changeâmes de sujet. Benjamin ne revint pas du repas entier. Je me demandai où il était passé.

Chapitre 8

Mon cours de français était vraiment ennuyeux. J'essayai d'écouter, en vain. La sonnerie résonna et marqua la fin des classes pour aujourd'hui. Je rangeai mes affaires et sortis à toute vitesse.
- Lilly ! m'appela Juliette, attends-moi !
- Excuse-moi, il faut que j'y aille ! lui dis-je pour qu'elle ne me pose pas de questions
- Tu ne m'as pas dit, tu as quoi après pour que tu ne puisses pas venir avec nous au ciné ? me demanda-t-elle.

Et voilà, il fallait que j'invente une histoire. Je détestais lui mentir, mais je ne pouvais pas lui dire que j'avais rendez-vous avec son frère.
- Mon père m'a demandé de rentrer directement, il doit me parler, lui mentis-je.

- Ah... D'accord, tu me dis si c'est grave ? A demain ! me dit-elle avant de partir.

Je sortis du bâtiment pour me diriger vers le café où j'avais rendez-vous dans une quinzaine de minutes. J'étais super stressée, littéralement en train de paniquer. J'hésitais à lui poser un lapin et rentrer chez moi, mais je revins vite à la raison. Il fallait que j'aie les réponses à mes questions. Je devais tourner la page une bonne fois pour toutes. Je poussai la porte du café et pénétrai à l'intérieur. Il y avait beaucoup de monde à cette heure-ci, ce qui rendait ma mission de repérage plus difficile. Après quelques minutes, je le repérai au fond de la pièce sur son téléphone. Je me dirigeai vers lui et me plantai devant la table. Ne sachant pas quoi dire, je ne lâchai qu'un seul mot.

- Salut.

Il leva son regard de son téléphone, et le posa sur moi. La surprise se vit sur son visage, mais il se reprit rapidement.

- Je pensais que tu n'allais pas venir, m'avoua-t-il.

Je m'assis en face de lui et un silence pesant s'installa entre nous.

- Écoute, Lilly... commença-t-il.
- Viens-en au fait, le coupai-je.

- Déjà, je veux m'excuser, j'ai été un gros con avec toi, commença-t-il. J'ai paniqué, je commençais à avoir de réels sentiments pour toi Lilly, mais je ne savais pas comment les gérer, continua-t-il.

Il se tut pendant un instant, reprit sa respiration et poursuivit ses explications.

- J'ai été lâche et j'ai préféré couper les ponts d'un coup que de devoir subir des aurevoirs et te voir souffrir.

Il baissa la tête, honteux. Je ne savais pas trop quoi dire. Il avait voulu me protéger pour que je ne souffre pas, mais il avait fait tout le contraire.

- Je comprends ton geste, tu as voulu me protéger, mais tu as fait tout l'inverse. J'en ai énormément souffert Aurèle, dis-je, essoufflée tant les émotions que je ressentais s'entremêlaient.
- Je le sais et je suis terriblement désolé, j'aimerais vraiment revenir en arrière.

Je réfléchis pendant quelques minutes à tout ce qu'il m'avait révélé.

Il avait voulu me protéger. *D'accord, il avait complètement échoué, mais tout le monde méritait une deuxième chance, non ?*

- Je veux bien te pardonner, mais ne fais plus jamais ça.
- Sérieusement ?

Il resta bloqué sur ce que je venais de dire, il n'en croyait pas ses oreilles.

- Merci, merci Lilly, tu ne le regretteras pas !
- Amis alors ? lui souris-je.

Sa tête se décomposa. *Il ne pensait quand même pas qu'on allait se remettre ensemble ?*

- Amis, dit-il finalement.

Nous restâmes encore une demi-heure à parler de tout et de rien. Ça me faisait du bien de le retrouver. Notre relation ne sera plus jamais comme avant, mais l'avoir comme ami me rendait heureuse.

Je pris mon téléphone qui n'arrêtait pas de vibrer et regardai les notifications que j'avais reçues.

Plusieurs messages de Juliette et de mon père. J'ouvris en premier celui de mon père.

Coucou ma puce, comment a été ta journée ? Ne m'attends pas ce soir, je vais rentrer tard, j'ai du boulot. Bisous

Je lui répondis et cliquai sûr ceux de Juliette.

Ç'a été avec ton père ?
Ça va ?
Tu ne me réponds pas, je m'inquiète.
LILLY ?!?!?!??

- Je crois bien que ta sœur va faire une crise cardiaque si je ne l'appelle pas tout de suite, lui dis-je en rigolant.
- Elle est malade quand on ne lui répond pas à la seconde, rit-il également. Ça m'a fait plaisir de passer du temps avec toi, on se refera ça ? me demanda-t-il.
- Oui, avec plaisir !

Je le saluai et me dépêchai d'appeler Juliette.

- ENFIN !!! MAIS QU'EST-CE QUE TU FAISAIS, LILLY ? me cria-t-elle tellement fort à travers le téléphone que je dus l'éloigner de mon oreille si je ne voulais pas devenir sourde.

- Mon téléphone était en mode silencieux, désolée, inventai-je.

Je n'allais surtout pas lui dire que j'étais avec son frère.

- Ça s'est bien passé avec ton père ? me demanda-t-elle, inquiète.

Je ne compris pas tout de suite, ça m'apprendrait à lui mentir.

- Euh... Oui oui, ne t'inquiète pas, bégayai-je.
- Ok, tant mieux, tu nous rejoins au ciné vu que tu as fini ? me questionna-t-elle.
- Oui, pourquoi pas, je serai là dans dix minutes, lui dis-je avant de raccrocher.

Dix minutes plus tard, me voilà devant le ciné, cherchant mes amis. Je fus surprise par Juliette qui me sauta dessus.

- Tu m'as fait peur ! m'écriai-je, la main sur le cœur.

Les gars me saluèrent, sauf bien sûr Benjamin qui était sur son téléphone. Je levai les yeux au ciel et suivis mes amis dans la salle de cinéma.

Juliette et moi nous nous goinfrâmes de sucreries pendant les deux heures du film. Jayden n'arrêtait pas de faire des commentaires toutes les deux minutes, ce qui agaçait Benjamin qui lui disait de la fermer. La séance finie, nous sortîmes tous du cinéma.

- Ça vous dit d'aller manger et après, on va à la soirée que David organise ? nous proposa Emil.

David était un gars de notre classe, je ne le connaissais pas vraiment, mais les garçons jouaient au foot avec lui.

- Je vote pour une pizza ! s'exclama Jayden.
- Je suis partante, répondit Juliette.

Les garçons montèrent en voiture ensemble et moi avec Juliette. Nous les suivîmes pour arriver devant la pizzeria. Une serveuse nous accueillit et nous plaça à une table. Elle ne lâcha pas du regard Benjamin. Elle bavait carrément devant lui, ce qui m'agaçait. *Elle ne pouvait pas être un peu plus discrète ?* Elle prit nos commandes et alla en cuisine.

La suite du repas se passa bien jusqu'à ce que la voix du garçon qui m'énervait résonna.

- Alors, Lilly, tu étais où avant ? Tu as changé de plan pour finir ? me demanda Benjamin avec un air provocateur.

Je fis comme si je ne voyais pas sa provocation et répondit du tac au tac.

- J'étais chez moi avec mon père, il devait me parler.

Nos regards ne se quittaient plus. On aurait pu sentir la tension entre nous à des kilomètres.

- Tu n'étais pas au café à côté du lycée alors, j'étais sûr de t'avoir vue pourtant ? enchaîna-t-il.

Quoi ? Comment pouvait-il savoir ? Il m'avait suivie ?

- Je... Tu as dû te tromper, j'étais chez moi, dis-je froidement.
- Calmez-vous, les amis, on est là pour s'amuser entre potes, prononça Jay' en essayant de détendre l'atmosphère.

Pendant tout le reste du repas, je n'arrivai pas à penser à autre chose. *Et s'il m'avait vue et qu'il allait tout raconter à Juliette ?* Je paniquai, ne sachant pas comment elle pourrait réagir. Je voulus prendre à part Juliette pour lui exposer et éviter qu'elle ne l'apprenne par quelqu'un d'autre, mais je fus devancée.

- Les gars, vous montez avec Juliette, Lilly avec moi, annonça Benjamin d'un ton autoritaire.

Monter avec lui ? Mais il me voulait quoi encore ? J'allais riposter, mais me ravisai. Les garçons nous invitèrent et nous sortîmes du resto. Bien évidemment, je dus monter en voiture avec Benjamin. Il s'accrocha et démarra à toute vitesse. Je ne dis aucun mot de tout le trajet, je n'avais rien à lui dire de toute façon. Mais lui en décida autrement.

- Juliette sait que tu lui caches des choses, me provoqua-t-il.

Il voulait que je rentre dans son jeu, mais je n'avais pas la tête à ça et ne répondis rien.

- Tu as perdu ta langue, chaton ? rigola-t-il.
- Ne m'appelle pas comme ça, crachai-je.
- Oh, tu parles enfin ! Avec qui tu étais au café ? me demanda-t-il en revenant sur le sujet.

Il était vraiment bipolaire, celui-là.

- Ce ne sont pas tes affaires, lançai-je froidement.
- Donc ça ne te dérangera pas que Juliette sache que tu lui as menti et que tu n'étais pas avec ton père chez toi ?

Je me retournai d'un coup vers lui.

- Tu as intérêt à ne rien lui dire ! lui hurlai-je dessus.
- Sinon quoi, mon ange ? me provoqua-t-il.

Mon sang bouillait dans mes veines. Je me retournai face à la vitre et ne dis plus rien. *Pourquoi le trajet jusqu'à la fête durait si longtemps ?* Vivement que je sorte de cette foutue voiture. Le véhicule s'arrêta, nous n'étions pas devant une maison, mais au bord d'un lac.

- On fout quoi là ? lui demandai-je froidement.

- Ferme-la et suis-moi, m'ordonna-t-il.

J'avais tout sauf envie de l'écouter donc je restai assise sans bouger. Bien sûr, monsieur n'aimait pas qu'on ne lui obéisse pas. Il ouvrit ma portière, me détacha et me prit en sac à patates sur son épaule.

- Lâche-moi, putain ! criai-je en battant des pieds pour qu'il me lâche.

D'un coup, je me retrouvai dans l'eau. *Ne me dites pas qu'il m'a jetée dans le lac ?* Oh si, ce connard l'avait fait. J'allais le tuer.

- C'est mieux quand tu fermes ta gueule ! s'exclama Benjamin.

Je le regardai, furieuse, et sortis de l'eau qui était gelée.

- Ça ne va pas la tête ! lui hurlai-je dessus.
- C'est que de l'eau, c'est bon… dit-il nonchalamment.

Il m'agaçait à un tel point. J'allais partir en direction de la voiture quand je sentis qu'on me tira par le poignet.

- Viens avec moi, je vais te montrer quelque chose.

Je ne savais pas pourquoi, mais je le suivis. Il me dit de fermer les yeux et je le fis.

- Attention, lève les pieds et ouvre les yeux maintenant.

Je m'exécutai et restai bouche bée devant la vue que j'avais devant moi.

- C'est... C'est magnifique.

C'est le seul mot qui sortit de ma bouche.

- C'est ici que je viens quand j'ai besoin de réfléchir ou d'être seul, m'avoua-t-il.

Je restai choquée de sa confidence. C'était la première fois qu'il se confiait à moi.

- Et pourquoi tu y es venu aujourd'hui ? lui demandai-je.

- Je voulais te montrer cet endroit.

Il s'assit sur l'herbe et je fis la même chose. Nous restâmes là pendant un long moment à admirer la vue sans un mot. Il n'y avait que le bruit de la nature que l'on entendait.

Chapitre 9

Cela faisait plus d'une heure que nous étions là, assis sur l'herbe, à contempler la vue qui s'offrait à nous. La fraîcheur de mes vêtements me fit grelotter. Benjamin le remarqua et me tendit son pull.

- Prends-le, tu en as plus besoin, me dit-il en me le donnant.
- Merci, lui murmurai-je.
- On devrait rentrer en ville, ça fait plus d'une heure qu'on a laissé les autres et ils doivent s'inquiéter vu qu'on n'est pas allé à la fête, me fit-il remarquer.

Mince, la fête ! Et Juliette n'avait eu aucune nouvelle. Je cherchai mon téléphone, mais je l'avais oublié dans la voiture.

- Ton téléphone ne te sert à rien, il n'y a aucun réseau ici, m'annonça-t-il.

Il se leva, je fis de même et nous rejoignîmes la voiture. Lorsque j'eus du réseau, je pris mon téléphone pour prévenir Juliette que j'allais bien et que Benjamin m'avait emmenée quelque part, justifiant notre absence. Elle me répondit quelques minutes plus tard.

D'accord, merci de m'avoir prévenue. Passe une bonne soirée.

Juliette ne m'avait pas engueulée de ne pas l'avoir informée. C'était étrange, elle qui s'inquiétait toujours pour un rien. Je posai mon téléphone et me tournai vers le garçon à côté de moi.
- Merci de m'avoir montré cet endroit, c'était vraiment magnifique, le remerciai-je.

Il acquiesça d'un hochement de tête, toujours concentré sur la route. Un instant plus tard, la voiture s'arrêta devant chez moi. Je sortis du véhicule et me dirigeai vers l'entrée. Lorsque j'allais ouvrir la porte, je sentis quelqu'un proche de moi. Je me retournai et remarquai Benjamin près de moi.
- J'ai encore oublié quelque chose ? lui demandai-je en riant au souvenir de la dernière fois.

Il s'approcha près de mon oreille et me murmura quelque chose avant de me déposer un baiser sur la joue.

- J'ai passé une excellente soirée, princesse.

Je sentis mon cœur louper un battement. Je restai figée, j'ignorais comment réagir. Je le vis s'éloigner vers sa voiture et disparaître de mon champ de vision. Je demeurai un petit moment bloquée sur place. Une porte qui s'ouvrit me fit sursauter.

- Que fais-tu ici ? Pourquoi tu ne rentres pas ? me demanda mon père, confus.
- Je... euh, j'ai reçu un appel quand j'allais ouvrir la porte, c'est pour ça que je ne suis pas rentrée, essayai-je de trouver comme excuse.

Il me laissa entrer et je me précipitai dans ma chambre.

Message à Juliette :

Il faut absolument que je te parle en urgence. Demain, on se rejoint au café.

Il fallait que je lui dise. J'étais complètement perdue par rapport au comportement de Benjamin.

…………

Le lendemain :

J'entendis quelqu'un m'appeler. Je croyais que c'était dans mon rêve donc je n'y fis pas attention jusqu'à ce que je sente qu'on me saute dessus.

- Lilly, cria Juliette, réveille-toi !

- Mmm… laisse-moi dormir !

Je me cachai sous la couverture en espérant qu'elle me laisse tranquille. Je n'avais pas beaucoup dormi. Je n'avais pas arrêté de penser à ma discussion avec Aurèle et le comportement que Benjamin avait eu à mon égard. Si j'avais pardonné à Aurèle, il fallait que je dise tout à Juliette, mais je n'étais pas encore prête.

- Allez, bouge-toi, tu dois me raconter plein de choses ! me supplia-t-elle.
- On ne devait pas se rejoindre au café ? lui fis-je remarquer.
- Si, mais j'étais trop impatiente.

Je sortis de mon lit à contrecœur et allai me préparer. Après une bonne douche, je rejoignis Juliette qui m'attendait au salon avec mon père.

- Bonjour, dis-je à mon père.

- Salut ma chérie, tu as une petite tête, remarqua-t-il. Tu n'as pas bien dormi ? s'inquiéta mon papa.
- Je me suis couchée tard, c'est pour ça, ne t'inquiète pas.

Je l'embrassai sur la joue et me rapprochai de Juliette.
- Tu vas devoir tout m'expliquer, s'enthousiasma-t-elle.

Nous saluâmes mon père et nous nous dirigeâmes vers le café près de chez moi. Nous prîmes nos places habituelles et nous demandâmes chacune un café et un croissant.
- Alors dis-moi tout, s'impatienta-t-elle.
- Donc comme tu le sais, j'ai dû monter avec lui et toi avec les garçons pour aller à la fête, commençai-je.

Elle approuva d'un geste de la tête.
- À partir de là, je n'ai pas compris pourquoi il voulait que je monte absolument avec lui alors qu'on ne s'entend pas.
- J'avoue que ça semblait bizarre en effet, dit Juliette.
- Comme on ne s'entend pas bien, je ne lui ai pas adressé la parole du chemin et pour passer le temps je regardais le paysage.

Je pris une gorgée de mon café et poursuivis mon histoire.

- À un moment, je me suis dit que le trajet me paraissait long et je lui ai dit. Bien sûr, pour m'énerver, il ne m'a rien répondu.
- Parfois, je me demande s'il sait parler, rigola-t-elle.

Je ris également, elle n'avait pas tort. Je me le demandais aussi parfois.

- Et là, la voiture s'arrête, mais on n'était pas devant la maison de David, mais dans une forêt.
- C'est un peu glauque, m'avoua-t-elle.
- C'est ce que je me suis dit. Il m'a ordonné de sortir de la voiture, bien sûr, je ne l'ai pas écouté. Mais monsieur n'aime pas qu'on ne lui obéisse pas, donc il m'a pris sur son épaule et il a marché quelques mètres avant de me jeter dans le lac ! m'exclamai-je.

Juliette écarquilla les yeux et partit dans un fou rire. Elle était carrément pliée en deux.

- Ce n'est pas drôle, dis-je avec une moue agacée.
- Si... j'aurais... voulu voir ça, prononça-t-elle en essayant de s'arrêter de rire.
- Bon, ensuite, je sors du lac toute mouillée et il s'assoit sur l'herbe pour admirer le paysage et je fais de même. Je n'avais jamais vu quelque chose d'aussi

beau. J'étais dans mes pensées quand tout à coup, il m'a confié qu'il venait ici à chaque fois quand il voulait réfléchir seul et je lui ai demandé pourquoi il était venu cette fois. Il m'a répondu qu'il voulait me montrer ce bel endroit. Et pour couronner le tout, il m'a donné son pull car j'avais froid.

La bouche de Juliette forma un O après avoir entendu ma confidence.

- Tu ne dois pas lui être indifférente, Lilly, il doit bien t'aimer.
- Benjamin ? Bien m'aimer ? Laisse-moi rire ! dis-je en riant.
- Je suis sérieuse, il a un comportement bizarre avec toi, rappelle-toi au restaurant avec le serveur.

C'était vrai qu'il n'avait pas voulu que je parle au serveur, mais j'étais sûre que c'était juste pour m'énerver comme d'habitude.

- Et pour finir, il m'a ramenée chez moi et avant de partir, il m'a embrassé la joue et m'a appelée princesse ! m'écriai-je.

Juliette ne réagit pas à ce que je venais de lui dire.

- Tu as entendu… ? commençai-je.

- Oui, j'ai entendu, Lilly, me coupa-t-elle, et je suis sûre qu'il ressent quelque chose pour toi.
- Je ne suis pas si certaine, Ju'…
- Fais-moi confiance, ce soir on va chez Jay, il fait une fête. Tu vas te mettre sur ton trente-et-un et on verra comment il réagira en te voyant ! me proposa-t-elle en me faisant un clin d'œil.

Même si je ne pensais pas comme Juliette, son plan était une bonne idée. Nous pourrions savoir ce que pense réellement Benjamin. Ce soir, ma mission serait d'essayer de déstabiliser Benjamin Justin.

Chapitre 10

Dix-huit heures, chez Lilly

Cela faisait maintenant près de trois heures que Juliette me préparait pour ce soir. Elle avait insisté pour s'occuper de moi. Bien sûr, j'avais accepté. J'étais impatiente de voir le résultat. Juliette était en tout cas magnifique, avec une robe mauve courte et moulante et des manches transparentes bouffantes. J'avais vraiment de la chance d'avoir une meilleure amie aussi belle. C'était sûr qu'elle allait faire tourner quelques têtes ce soir et je parierais même sur celle de Jayden.

- Et voilà, c'est terminé ! me dit Juliette en mettant du rouge à lèvres.

Je me levai et me dirigeai vers le miroir pour voir le résultat. Lorsque je me vis, je restai bouche bée. Je ne me reconnaissais pas et je me trouvais belle.

- Tu es magnifique Lilly, me confia Juliette en m'admirant, des étoiles plein les yeux.
- Merci beaucoup, lui dis-je en la prenant dans mes bras.

Elle finit de se préparer et nous descendîmes au salon.

- Vous êtes magnifiques les filles, mais trop de garçons vont vous approcher… nous dit mon père avec une moue mi-énervée, mi-admiratrice.
- Les gars seront là pour nous protéger, dit Juliette pour rassurer mon père.

Il nous salua et nous souhaita une bonne soirée.

Arrivées devant la demeure de Jay', je poussai la porte d'entrée et pénétrai à l'intérieur aux côtés de Juliette. La fête battait déjà son plein alors qu'il n'était que dix-neuf heures.

Nous nous mîmes à chercher les garçons et nous les trouvâmes dans la cuisine.

- Salut les filles ! nous salua Jayden en nous serrant dans ses bras chacune notre tour.

Nous saluâmes les autres, mais quelque chose retint mon attention. Benjamin n'était pas là. Je me tournai vers Juliette qui haussa les épaules.

Si la cible de ma mission n'était pas là, je n'allais pas pouvoir la réussir.

Je pensai à autre chose et pris un coca dans le frigo. Nous discutâmes tous ensemble un bon moment jusqu'à ce que Juliette me tape l'épaule.

- Regarde, me murmura-t-elle en pointant une direction avec son doigt.

Je suivis du regard l'endroit qu'elle m'indiquait et là, je remarquai Benjamin. Il était là et j'allais pouvoir mener à bien ma mission. Un sourire se dessina sur mes lèvres et l'excitation monta en moi. Je pris Juliette et l'amenai sur la piste de danse.

- Prête ? me cria-t-elle en me faisant un clin d'œil.

J'acquiesçai et nous commençâmes à danser. J'étais tellement heureuse d'avoir Juliette dans ma vie. C'était le rayon de soleil dont j'avais besoin. Une idée me traversa, de même que Juliette en voyant sa manière de me regarder. Nous montâmes sur la table et dansâmes à en perdre haleine. J'ondulais des hanches au rythme de la musique. Je le cherchais du regard et, quand celui-ci s'accrocha au mien, je ne le lâchai plus. Je sentais l'adrénaline de la victoire couler dans mes veines. Je descendis de la table et me dirigeai vers un garçon que j'avais remarqué qui me dévorait des yeux.

- Salut ma belle. Tu veux danser ? me proposa-t-il sans arrêter de me regarder.

Je posai mes yeux sur Benjamin et lui souris avant d'accepter la demande du gars devant moi. Il me lança un regard noir que j'ignorai totalement.

- Je m'appelle Austin, me dit-il en plaçant ses mains sur mes hanches.
- Moi c'est Lil..., commençai-je avant d'être interrompue par un poing qui s'abattit sur le visage d'Austin.

En me tournant, je m'attendais à voir Benjamin, mais je restai sous le choc quand je remarquai Aurèle en train de tabasser le gars qui voulait danser avec moi. Je remarquai que Ben allait intervenir, mais avait été devancé par Aurèle. L'incompréhension passa dans son regard avant de partir. Des cris me firent revenir sur terre et j'essayai d'éloigner Aurèle d'Austin.

- Aurèle, lâche-le ! lui ordonnai-je entre deux sanglots.

Je sentis que l'on me portait afin de m'emmener dehors.

- Lilly, assieds-toi et respire, dit une voix que je n'arrivais pas à reconnaître tant mes oreilles bourdonnaient.
- Lilly, c'est moi, Juliette, calme-toi, je suis là…

Elle posa ses mains sur mes joues et ancra son regard dans le mien.

Je l'écoutai et pris plusieurs grandes respirations. Après quelques minutes, je sentis que ma crise d'angoisse était passée.

- Tu fais quoi là toi ? Ça ne va pas de frapper ce mec alors qu'il ne t'avait rien fait ?! cria la voix de Juliette.

Je me tournai vers elle et écarquillai les yeux quand je vis qu'elle parlait à son frère.

- Tu vas me répondre, bordel ? Pourquoi tu t'en es pris au mec qui dansait avec Lilly ? Tu ne peux pas la laisser tranquille ? lui cracha-t-elle.

Au vu de la façon qu'avait Aurèle de me regarder, je devinai qu'il allait tout lui révéler. *Non, il ne pouvait pas faire ça.* Je l'implorai de s'y résoudre, mais il en décida autrement.

- PARCE QUE J'AIME LILLY ET JE NE SUPPORTE PAS QU'UN MEC POSE SES MAINS SUR ELLE ! hurla-t-il.

Je me figeai à l'entente de ses paroles. Il l'avait dit. Bordel, il venait de le dire à Juliette.
- Comment ça, tu es amoureux d'elle ? Tu viens de la revoir depuis des années et tu tombes amoureux comme ça ? Tu l'as toujours détestée depuis petit ! débita Juliette.

Sa cage thoracique montait et descendait à une vitesse folle. On aurait dit qu'elle venait de courir un marathon tant elle était essoufflée. Un long silence s'installa entre nous et j'essayai d'implorer Aurèle du regard pour qu'il n'en dise pas plus.
- Écoute, Juliette, on ne t'a pas tout dit avec Lilly et..., commença-t-il.

Juliette se retourna immédiatement vers moi après avoir entendu les paroles de son frère qui s'interrompit.
- Tu... Tu as eu quelque chose avec mon frère ? me demanda-t-elle.

Je voyais bien dans ses yeux qu'elle espérait que son frère était fou et que tout ne soit que pur mensonge.
- Je suis désolée, déclarai-je en baissant la tête.
- Oh mon Dieu, je n'y crois pas ! Tu me l'as caché tout ce temps alors que j'étais ta meilleure amie ?! s'énerva-t-elle.

- J'ai essayé de te le dire, mais....
- Stop, je ne veux rien entendre, lança-t-elle avant de s'éloigner.
- Attends, laisse-moi m'expliquer, Ju', essayai-je de la retenir en posant ma main sur son poignet.

Elle regarda ma main sur son poignet avec dégoût et partit en courant. Je m'écroulai à terre et je ne retins plus mes pleurs.

- Viens avec moi, Lilly, ne reste pas là, me prit dans les bras Aurèle pour me soulever.
- Ne me touche pas ! Lui crachai-je, en me libérant de sa prise. Tu as tout gâché, tu m'avais promis de ne rien lui dire.
- Elle méritait de savoir, se justifia-t-il.
- Oui, mais certainement pas comme ça.

Je fis un tour sur moi-même et remarquai Jay' et les garçons toujours là où nous les avions laissés avant.

- Jay, tu peux me ramener ? lui demandai-je.
- Oui..., commença-t-il.
- Je la ramène, le coupa Benjamin. Jay', tu as bu.

Je fronçai les sourcils d'agacement, mais le suivi quand même. Je n'avais pas le choix si je voulais rentrer, c'était le seul à être complètement sobre. Nous montâmes chacun notre tour dans la

voiture. Personne ne parla de tout le trajet. Arrivée devant chez moi, j'ouvris la porte et me dirigeai à toute vitesse chez moi.
- Attends, Lilly ! m'appela Benjamin.
- Écoute, Benjamin, je suis fatiguée et je n'ai pas envie de m'énerver avec toi. Merci de m'avoir raccompagnée, bonne soirée, lançai-je en pénétrant à l'intérieur.

Je n'eus pas le temps de réaliser ce qu'il se passait que je sentis les lèvres de Benjamin s'écraser sur les miennes. Je restai figée pendant quelques secondes à cause de la surprise. Je me décrispai et lui rendis son baiser. Ses mains se posèrent sur ma taille et je sentis sa langue me demander l'accès. J'acceptai et il l'approfondit. Il n'y avait plus rien entre nous. Simplement Benjamin et moi. Mais d'un coup, l'image d'Aurèle passa dans ma tête et tout mon corps se crispa. Il dut le sentir car il se détacha et recula.
- Je... euh... je suis désolé, c'était une erreur, dit-il avant de se précipiter vers sa voiture.

J'étais encore sous le choc de ce qu'il venait de se dérouler. Benjamin Justin venait de m'embrasser.

Et je l'avais repoussé à cause de mon ex… Aurèle.

Depuis que je l'avais revu, il hantait mon esprit. Très vite, je retournai à la réalité. Je le vis courir à sa voiture et celle-ci démarra en trombe.

Chapitre 11

Lundi matin

Je sortis de mon lit difficilement. Je n'avais aucune envie de retourner en cours après ce qu'il s'était passé samedi soir.
J'avais essayé de contacter Juliette, en vain.
Aurèle avait complètement saturé ma boite vocale et ma tête, et Benjamin ne montrait plus aucun signe de vie. Je redoutais le moment où nous allions nous croiser.
Devais-je faire comme si de rien n'était ? M'excuser ? Mais bon, c'était lui qui m'avait embrassée. Je secouai la tête pour faire sortir toutes ces pensées de mon cerveau.
Je filai la salle de bain prendre une bonne douche. L'eau chaude qui coulait sur mon corps m'aidait généralement à remettre mes idées en place, mais ce matin, ça ne fonctionnait pas. Je poussai un grognement de frustration et sortis de la douche. Je saisis

mes affaires et sortis de chez moi. Mais je fus stoppée par mon père.
- Attends, jeune fille, tu vas où comme ça ? me demanda-t-il.

Il s'interrogeait sérieusement où j'allais un lundi matin alors que j'avais cours ?
- Je vais à l'école comme tous les jours, dis-je, agacée.
- Tu peux m'expliquer ce que tu as depuis hier ? s'énerva-t-il, croyant sûrement que je faisais exprès de ne pas comprendre.
- Rien, je suis juste épuisée, on se voit ce soir, bisous ! lançai-je en sortant vite de chez moi.

Je savais que ce soir mon père allait me poser plus de questions, mais là tout de suite, je voulais juste qu'on me laisse tranquille. J'enfilai mes écouteurs et appuyai sur ma playlist. Le son de ma musique retentit dans mes oreilles, ce qui eut comme effet de me détendre. Je montai à l'arrière de la voiture de Rick.
- LILLY, JE TE PARLE ! entendis-je Rick crier.
- Excuse-moi, j'avais la musique à fond.
- Tu peux m'expliquer pourquoi Juliette ne veut plus que je vienne la chercher si tu es là ? Il s'est passé quelque chose samedi ? s'inquiéta-t-il.

- Aurèle lui a tout dit, me lançai-je.
- À propos de ? me demanda-t-il, perdu.
- Sur notre relation passée et il a dit qu'il était amoureux de moi, lui avouai-je.

La voiture s'arrêta d'un coup.
- Mais ça ne va pas ! m'écriai-je.
- Tu vas me dire que tu as eu une histoire avec le frère de ta meilleure amie et que celui-ci t'aime toujours ? Et pour couronner le tout, elle n'était au courant de rien ?
- Oui, voilà.
- Je sens que ça va être tendu aujourd'hui, dit-il en redémarrant.

On arriva quelques minutes plus tard sur le parking du lycée. Je soufflai un bon coup et sortis du véhicule.
- Hé, Lilly, m'appela Rick. Laisse-lui du temps et je suis sûr que ça s'arrangera, prononça-t-il en essayant de me rassurer.

Je lui offris un sourire forcé et le quittai. Je rabattis ma capuche sur ma tête et allai en cours.

Arrivée devant la classe, je remarquai Juliette dans la classe aux côtés d'autres filles. Elle avait changé de place. Je pris mon courage à deux mains et entrai. Je m'assis à ma place habituelle. Je saisis mon téléphone et écris un message à Juliette.

À Juliette :
S'il te plait, laisse-moi t'expliquer. Viens au café après les cours à midi.

J'éteignis mon portable et le rangeai dans mon sac. La sonnerie retentit et les cours commencèrent. Quelqu'un toqua à la porte en plein milieu du cours de monsieur Perilson.
- Entrez, fit celui-ci.
- Excusez-moi du retard, monsieur, dit Benjamin.
- Eh bien, Benjamin, vous nous ferez l'honneur d'aller en retenue mercredi après les cours, lança-t-il, heureux de mettre sa première heure de colle de l'année.

Je ne comprendrai jamais les profs. Il acquiesça et se stoppa devant moi.
- Je peux ? murmura-t-il en désignant la chaise à côté de moi.
- Oui, lui répondis-je sans lui accorder mon attention.
- Je suis désolé pour l'autre soir, s'excusa Benjamin.

Je me crispai à ses paroles. Ce mec était un vrai mystère. J'étais soulagée qu'il s'excuse, mais j'étais quand même déçue. Une partie de moi espérait que ce ne serait pas une erreur. Je ne trouvai que cela à rétorquer, même si c'était un mensonge.

- Ce n'est rien, tu as raison c'était une erreur.

Je me reconcentrai sur le cours en essayant de ne pas penser au regard de Benjamin sur moi. Après la sonnerie, je me ruai à l'extérieur de la classe et allai directement au café où j'avais donné rendez-vous à Juliette.

Rendue sur place, je m'installai à ma table habituelle et commandai un café en attendant l'arrivée de Juliette, si elle venait. Après une heure à patienter en vain, je me levai pour payer et partir, mais j'entendis la clochette de l'entrée retentir. Je me retournai et vis Juliette. Elle avait vu mon message et était venue. L'espoir en moi refit surface. Je lui fis signe et elle se dirigea vers moi.

- Tu es venue.
- Faut croire, dit-elle, agacée.
- Tu veux commander quelque chose ? lui proposai-je.
- Ne perds pas de temps, Lilly, et explique-moi.

Ok maintenant, il fallait que je m'explique. Mes mains commencèrent à trembler, mais je pris mon courage et lui racontai.

- J'ai toujours bien aimé ton frère depuis petite, mais lui ne m'aimait pas. Il me traitait mal car j'étais une de tes copines ennuyeuses.

Me rappeler cette période me brisait le cœur.

- Jusqu'au jour où il m'a avoué ressentir la même chose, continuai-je, que mon amour pour lui était réciproque.

Juliette ne dit pas un mot et m'écouta attentivement.

- À partir de là, on a vécu une relation secrète, j'étais folle amoureuse de lui et il m'aimait enfin.
- Pourquoi tu ne m'as jamais rien dit ? Pourquoi m'as-tu caché que tu l'aimais ?
- J'avais peur que tu croies que je sois amie avec toi seulement pour ton frère.
- Pourtant, on dirait bien que c'est le cas en fin de compte, cracha-t-elle en croisant les bras, sur la défensive.
- Ne doute jamais de mon amitié pour toi, tu as toujours été ma meilleure amie et tu le resteras.

- Continue, m'ordonna-t-elle.
- Le jour où vous êtes tous partis, vous êtes tous venus nous dire au revoir, sauf lui.

Sa bouche forma un O. Elle venait sûrement de comprendre pourquoi je ne voulais plus le revoir à mon retour.

- Il ne m'a donné aucune nouvelle pendant toutes ces années jusqu'à ce que je le voie au dîner chez toi.

J'essayai de ravaler mes larmes qui menaçaient de couler. Il m'avait brisé le cœur. Je n'avais jamais été aussi mal.

- Après ça, j'ai mis des mois à m'en remettre. Entre ma meilleure amie qui partait et le garçon que j'aimais qui ne me donnait plus aucune nouvelle, je n'ai pas supporté, dis-je entre deux sanglots.
- Oh, Lilly, je suis désolée, commença-t-elle.
- Ce n'est pas ta faute, j'aurais dû te dire pour lui et moi beaucoup plus tôt. Je t'en prie excuse-moi.
- Bien sûr que je te pardonne. Je m'excuse aussi pour avoir réagi comme ça, je n'aurais jamais dû.

Elle me prit dans ses bras et nous fondîmes toutes les deux en sanglots. Après cinq minutes, nous nous détachâmes.

- En revanche, je n'accepte pas ce qu'il t'a fait ! s'exclama-t-elle, j'aurai une discussion avec lui, je te le promets.
- Merci beaucoup.

Après avoir repris nos esprits, je sentais qu'il fallait que je lui raconte ce qu'il s'était passé avec Benjamin.
- Pourquoi tu me regardes comme ça ? Je dois encore savoir quelque chose ? me demanda-t-elle en rigolant.
- Benjamin m'a embrassée l'autre jour.
- Quoi ?! s'écria Juliette, choquée.

Chapitre 12

- Benjamin m'a embrassée l'autre jour.
- Quoi ?!? s'écria Juliette en écarquillant les yeux.

Je comprenais qu'elle soit choquée, je l'avais été aussi.

- Est-ce que j'ai bien entendu ? On parle du même Benjamin ? me demanda-t-elle, encore sous le choc.

J'acquiesçai et je regardai son visage dans l'incompréhension totale.

- Tu lui as rendu son baiser ? dit-elle curieusement.

Je me crispai à sa question. *Est-ce que je lui avais rendu son baiser ?* Oui, et j'avais aimé.

Oh merde, j'étais en train de me rendre compte de la réalité.

Je venais de pardonner à mon ex qui, de ce que j'avais pu comprendre, m'aimait encore.

Et moi, j'en avais embrassé un autre et j'avais aimé ça.

- Je... Oui, je crois, bégayai-je, anxieuse par ce que je venais de réaliser.
- Tu ressens encore quelque chose pour mon frère ? me questionna-t-elle en fronçant les sourcils.

Aurèle et moi, c'était fini depuis bien longtemps, mais je devais bien me l'avouer, qu'il revienne dans ma vie m'avait un peu chamboulée.

Mais j'étais certaine de ne plus rien ressentir pour lui.

Enfin, je croyais ?

- Lui et moi, ça n'existe plus depuis qu'il est parti. Même si je lui ai pardonné, il ne se passera plus rien, lui répondis-je en essayant de nous convaincre toutes les deux.

Mais elle dut me croire car elle dit :

- Fais attention parce que je sais que lui t'aime encore et s'il apprenait pour ce baiser, je crains la manière dont il pourrait réagir, me prévint mon amie.

Ok, j'étais consciente qu'il avait encore des sentiments pour moi, mais en aucun cas il n'avait le droit de s'interposer dans ma relation. Je ne disais pas que je ressentais quelque chose pour Ben, mais ça m'énervait qu'Aurèle se croie tout permis.

Il m'avait abandonnée quand même.

Je lui avais certes pardonné, mais il n'avait aucun droit sur moi.
- Je comprends qu'il m'aime encore, mais tu sais très bien ce qu'il m'a fait. Même si je lui en veux plus, je ne le laisserai pas se mettre en travers de mon chemin.

Juliette était d'accord avec moi. Nous décidâmes de changer de sujet, mais mon cerveau était toujours bloqué sur notre discussion.

Est-ce que j'aimais encore Aurèle ? Il ne me semblait pas, pourtant notre histoire me touchait encore. Ça restait mon premier amour quoi qu'il arrive.

Est-ce que j'avais ressenti des choses durant mon baiser avec Benjamin ? Oui, mais ce mec était détestable et on se connaissait à peine.

J'avais l'impression que de la fumée sortait de mes oreilles tellement mon cerveau était en surchauffe.

Le mieux était de faire comme si de rien n'était et de me comporter normalement avec les deux.

Mais bien sûr, ma vieille, c'était ce que tu allais faire...
- Lilly, eh oh, Lilly, tu m'écoutes ? m'appela Juliette plusieurs fois.

Je sortis d'un coup de mes pensées et me rendis compte que je n'avais rien écouté de ce qu'elle me racontait, trop absorbée.

- Euh... Non, excuse-moi, j'étais un peu perdue dans mes réflexions, m'excusai-je.
- L'histoire avec Ben et Aurèle te tracasse, pas vrai ? devina mon amie d'enfance
- Plus que je l'aimerais malheureusement, mais bon, je ne veux plus y penser, me ressaisis-je.

Juliette me dit à nouveau ce qu'elle avait tenté de m'expliquer. À un moment, je me rendis compte qu'elle parlait beaucoup de Jayden. Un sourire naquit sur mes lèvres.

- Pourquoi tu souris comme ça ? me demanda-t-elle en fronçant les sourcils.
- Tu sais Juliette, tu parles beaucoup de Jayden et est-ce....
- Oh non, mais Lilly, je t'ai déjà dit, il ne se passe rien, arrête avec ça, s'énerva-t-elle en se levant et elle quitta le café.

Je restai scotchée sur place face à sa réaction. J'avais l'habitude de la taquiner souvent sur ça, mais jamais elle ne s'était énervée. Elle avait l'air *blessée* ?

Je me ressaisis, rangea à la va-vite mes affaires et me dépêchai de rattraper Juliette dehors.

Je la cherchai du regard quelques secondes avant de l'apercevoir dans la rue d'en face en train de marcher. Je traversai et essayai de l'interpeller.
- Juliette, Juliette, attends-moi ! hurlai-je pour qu'elle m'entende et qu'elle s'arrête.

Je lui courus après et la rattrapai.
- Juliette, je suis désolée, je ne voulais pas...

Je la fis se retourner et tout ce que je vis, c'étaient ses larmes sur ses joues.
- Que s'est-il passé ? lui demandai-je, inquiète.

Elle me sauta dans les bras pour s'y réfugier et fondit en sanglots.
- Je ne t'ai pas tout raconté aussi Lilly, m'avoua-t-elle difficilement à cause de ses pleurs qui doublèrent.

L'inquiétude monta en moi, mais ce n'était pas le moment. Il fallait que je l'emmène loin d'ici pour la réconforter.
- Allez viens, on rentre chez moi

Je la gardai dans mes bras le temps de rentrer. Aucune de nous deux n'avait prononcé un mot. Une dizaine de minutes plus

tard, nous voilà devant ma porte. J'allais insérer la clé dans celle-ci avant que Juliette ne dise :
- Attends, je ne veux pas que ton père me voie dans cet état.
- Ne t'inquiète pas, il n'est pas là et il ne le sera pas avant longtemps. Il travaille tard ce soir.

Le soulagement traversa ses yeux et nous entrâmes. Nous nous posâmes sur mon lit. J'étais prête à l'écouter.
- Il y a deux ans....

Chapitre 13

Cela faisait quelques minutes que Juliette essayait de m'expliquer en vain. À chaque mot prononcé, elle fondait en sanglots. Ne supportant plus de la voir dans cet état, je la coupai.
- Juliette, regarde-moi, calme-toi, ça va aller, tu n'es pas obligée de m'expliquer maintenant si ça ne va pas.

Je la serrai dans mes bras et elle me rendit mon étreinte.
- Non... Ça va aller, renifla-t-elle.
- Tu es sûre ? lui demandai-je, inquiète.
- Oui, je suis prête à en parler, essaya-t-elle de me convaincre en même temps qu'elle.

Elle se leva pour se moucher et revint s'asseoir en face de moi.
- Lors de ma rentrée en seconde, je l'ai rencontré et je suis tombée directement sous son charme et j'ai

remarqué très vite que je ne lui étais pas indifférente non plus, m'expliqua-t-elle.

Oh alors, il s'était déjà passé quelque chose entre eux. *Mais qu'est-ce qui l'a rendue ainsi ?*

- Il m'a invitée au bal de promo et j'étais tellement contente que mon *crush* me remarque, renifla-t-elle. Avant de me ramener chez moi, on s'est embrassés sur les gradins et ensuite, on a été ensemble pendant six mois…

Sa voix se brisa à la fin de sa phrase et elle éclata de nouveau en larmes.

Je lui tendis un mouchoir et la pris dans mes bras. Je sentais que ce qu'elle allait me raconter ensuite était dur à dire pour elle. Elle souffrait encore de cette situation.

- Ça va aller pour continuer ou tu veux arrêter ? lui proposai-je en ne voulant que son bien.
- Je veux tout te dire, Lilly, souffla-t-elle d'une petite voix.

Je hochai la tête et elle poursuivit.

- Ce fut les plus beaux six mois de ma vie jusqu'à ce que je le surprenne à une soirée où je ne devais pas aller de base car j'allais chez mes grands-parents.

Là, je l'ai vu en train de... de… bégaya-t-elle tant la douleur lui était insupportable. Je les ai surpris en train de coucher ensemble, lâcha-t-elle enfin.

J'écarquillai les yeux en entendant la dernière partie de son histoire. *Elle parlait de Jayden ? Ce n'était pas possible ?* C'était un vrai connard, j'allais le tuer.

- Je suis vraiment désolée, Juliette, je sais que c'est dur, mais ne pleure pas pour lui, il ne te mérite pas ce con, lâchai-je, énervée contre mon ami.

....

Juliette s'était endormie il y avait maintenant une heure. Je l'avais consolée et bordée jusqu'à que les bras de Morphée ne s'en chargent. Contrairement à elle, je ne trouvais pas le sommeil, trop de choses en tête.

Je ne savais plus comment faire avec Aurèle et Ben. J'étais perdue.

Il fallait que j'aie une discussion avec Benjamin, mais il m'ignorait depuis ce fameux soir. Il fallait que j'aie une discussion avec Aurèle, mais je n'en avais aucune envie. Pour l'instant il fallait que je ne m'occupe que d'une seule chose et c'était Juliette. Je voyais bien qu'elle souffrait encore même si elle avait réussi à faire semblant depuis tout ce temps. Mais quelle horrible amie je faisais, je n'avais rien vu. Je me détestais pour cela.

Le sommeil ne vint toujours pas, alors je décidai de sortir à la plage. Les bruits des vagues m'aidaient à y voir plus clair et cela m'apaisait. J'avais l'impression que ma mère était avec moi. Quand j'étais plus jeune, ma mère m'emmenait souvent à la plage et on y passait des heures à faire des châteaux de sable, jouer dans l'eau, rigoler ensemble, manger des glaces. Ces moments me manquaient, ma mère me manquait.

Je m'assis sur le sable et contemplai la mer paisible. Je fermai les yeux et me laissai border par le bruit des vagues.

- Je vois que tu aimes toujours autant la plage, remarqua Aurèle derrière moi.

J'ouvris les yeux d'un seul coup et me tournai dans sa direction.

- Qu'est-ce que tu fais ici ? lui demandai-je, surprise et mal à l'aise de le voir ici.
- Je te retourne la question, me répondit-il en haussant les sourcils.

Je soufflai d'épuisement et lui dis :

- J'avais besoin de calme et de réfléchir, lui avouai-je sans savoir pourquoi je lui disais tout cela alors que je ne voulais pas lui parler à la base.

Je le vis s'asseoir à côté de moi et il demeura silencieux pendant cinq bonnes minutes. Aucun de nous deux ne lâcha un seul mot.

- Lilly, m'appela Aurèle après un long moment.
- Mmh.
- Tu penses qu'il y a encore une chance entre nous ?

Je restai bouche bée après sa question. Je ne savais pas quoi lui répondre car je savais qu'il avait encore des sentiments pour moi, mais je ne voulais pas lui donner de faux espoirs. Surtout que Ben m'avait embrassée l'autre jour. *Ben...*

- Écoute, Aurèle....
- C'est qui ? me demanda-t-il sèchement.

Je sursautai à son changement d'humeur. L'incompréhension pouvait se voir sur mon visage. *Il avait un problème pour me parler ainsi ?*

- De quoi tu parles ? le questionnai-je dans la confusion totale.
- C'est qui le garçon qui te fait me laisser pour lui ! hurla-t-il.

Mon corps entier se crispa dû au ton qu'il avait employé.
- Dis-moi, Lilly, fit-il énervé, en me lançant un regard noir.

C'était la première fois que je ressentais de la peur à ses côtés.
- Il y a person..., tentai-je de dire avant qu'il me coupe violemment.
- J'AI DIT C'EST QUI, BORDEL, LILLY !
- Je... j'ai embrassé Benjamin, lâchai-je d'un coup, ce qui fit office d'une bombe qui venait d'exploser.

Dès ma phrase prononcée, je le regrettai.
- TU AS QUOI ? PUTAIN, JE VAIS LE TUER !

Il se leva et partit à toute vitesse. *Mais pourquoi j'avais dit ça ?* J'étais dans la merde.

Chapitre 14

Juliette

Le son d'une sonnerie me réveilla. Croyant que c'était mon réveil, je le laissai sonner jusqu'à qu'il prenne fin. À la quatrième, je me levai en grognant pour aller éteindre mon téléphone et retourner dormir. Mais je me rendis compte que j'étais chez Lilly et pas chez moi. Et que mon portable sonnait depuis bientôt quinze minutes car c'est elle qui m'appelait. Je commençai à angoisser et répondis directement.
- Purée, je ne sais pas combien de fois je t'ai appelée, lança Lilly, paniquée.
- Que se passe-t-il ? Et pourquoi tu n'es pas là ? lui demandai-je, perdue et encore endormie.
- Je suis sortie à la plage, j'avais besoin de réfléchir et j'ai croisé ton frère et... et il sait pour le baiser.

Mon sang ne fit qu'un tour à l'entente de sa confession.

- Oh merde, soufflai-je, bon, écoute Lilly, je connais mon frère et il va vouloir lui casser la gueule, il faut absolument qu'on le retrouve. Il est parti où ? lui demandai-je.
- Il a pris sa voiture et il est parti en direction du lycée.

Le lycée ? Mais il était 2 heures du matin, qu'est-ce qu'il allait bien faire là-bas ?
- Bouge pas, je te rejoins à la plage et on ira là-bas le chercher, lui dis-je avant de raccrocher.

Je ne savais pas comment j'allais gérer mon frère. Lilly ne savait pas qu'il avait de réels problèmes d'impulsivité. Elle s'était mise en danger, mais elle n'était pas au courant. Il fallait que je le lui dise. Je pris mes affaires et sortis en faisant le moins de bruit possible.

Lilly

J'angoissais à l'idée de le voir et de l'affronter dans cet état. Je ne le reconnaissais pas. Je savais qu'il avait toujours eu de la peine à gérer sa colère, mais là c'était différent. Je l'avais vu dans ses yeux, la haine. Mes pensées se mélangeaient entre elles et je n'avais qu'une hâte : que Juliette me rejoigne au plus vite.

- Lilly ! cria celle-ci.

Je sortis de mes pensées et courus dans sa direction. Elle me prit dans ses bras et je sentis que sa présence atténuait mon angoisse.

- Il ne faut pas qu'on perde de temps pour retrouver mon frère, me dit-elle en essayant de garder une voix assurée alors que je voyais très bien la panique dans ses yeux.

Il était plus de 3 heures du matin, il n'y avait donc pas un chat dans les environs. Heureusement que Juliette était avec moi sinon j'aurais vraiment très peur pour ma vie. C'était ça d'être une fille en pleine nuit.

Après une quinzaine de minutes, nous arrivâmes devant les grilles du lycée et je fis remarquer à Juliette que la voiture d'Aurèle était sur le parking. Nous nous dirigeâmes vers celle-ci, mais il n'était pas là.

- Tu penses qu'il est à l'intérieur ? murmurai-je.
- Je n'en sais rien, mais il faut aller voir et le retrouver.

Elle me prit par le bras et commença à me tirer vers le bâtiment.

- Mais ça ne va pas ? Imagine on se fait surprendre ? m'étranglai-je à l'idée qu'on nous voie ici en pleine nuit.

Elle se tourna dans ma direction et posa ses mains sur mes épaules.

- Lilly, je te promets qu'il ne nous arrivera rien, mais il faut absolument qu'on le retrouve avant qu'il devienne dangereux.

Dangereux ? L'incompréhension devait se voir sur mon visage car Juliette souffla et continua.

- Je ne t'ai rien dit, mais Aurèle a été diagnostiqué avec un trouble psychique il y a quelques années. Il ne gère pas du tout sa colère et il prend un traitement.

Je restai figée à sa confession. J'étais sous le choc même si au fond de moi, je me doutais qu'il avait un problème. Depuis toujours, il se mettait en colère pour un rien. Mais de savoir cela de façon officielle me déstabilisait. Je laissai donc Juliette m'emmener dans le lycée à sa recherche. Tout d'abord, nous allâmes dans le hall, qui était vide. Ensuite la cantine, les classes, la cour, il n'y avait personne. Nous finîmes par la salle de gym. C'était notre dernière chance.

- J'espère vraiment qu'il est là, murmura Juliette, inquiète qu'on ne retrouve pas son frère.

J'espérais aussi qu'on le trouve ici, autrement cela voulait dire qu'il était parti. Juliette poussa les portes du gymnase et la silhouette d'Aurèle apparut dans notre champ de vision.

- Aurèle, c'est ta sœur, Juliette, dit-elle en s'approchant de lui doucement en gardant les mains en l'air comme signe de paix.

Je restai vers l'entrée et observai la scène depuis là-bas. Je préférais la laisser gérer, elle savait comment se comporter avec lui lorsqu'il avait des crises.

Il se retourna d'un seul geste et la fusilla du regard.

- Qu'est-ce que tu fais ici à cette heure-là ? s'énerva-t-il.

Il était concentré sur sa sœur, il ne m'avait pas encore aperçue. Je parlai trop vite car il détourna la tête et ses yeux s'accrochèrent aux miens. Ils rejetaient une telle haine que je commençais à avoir réellement peur.

- Tu es toute seule alors ? Il est où ton copain qui te sert de chien ? cracha-t-il dans ma direction.

- Ce n'est pas mon copain, dis-je d'une si petite voix qu'il n'eut pas dû m'entendre.

Il rit à mes paroles. Il se foutait de moi.

- Je n'en ai rien à foutre, c'est pareil. TU L'AS EMBRASSÉ, PUTAIN ! hurla-t-il en s'approchant violemment de moi.

Prise de panique, je reculai, mais heurtai la porte de la salle de gym. D'un coup je sentis qu'on m'avait poussée et ma tête rentra en contact avec le sol.

- Laisse-la tranquille, dit une voix que je reconnus.

C'était Benjamin. Je vis Aurèle et lui se battre. Mais très vite, ma vue se brouilla. J'avais très mal à la tête. J'entendais des voix autour de moi, mais je ne comprenais rien.

- Lilly, tu m'entends, Lilly ? me secoua mon amie.

Les bruits des sirènes retentirent dans mes oreilles et je vis plusieurs personnes rentrer. Tout autour de moi tournait jusqu'à que le trou noir m'envahisse. Je venais de m'évanouir.

Chapitre 15

Quelques heures plus tard :

Le trou noir où j'avais l'impression d'être depuis une éternité disparaissait petit à petit. Je ne savais pas où je me trouvais, mais j'entendais des voix tout autour de moi sans pouvoir les distinguer. Des bruits de machines arrivèrent jusqu'à mes oreilles et m'obligèrent à ouvrir les yeux pour voir où j'étais. Cela était plus facile à dire qu'à faire car dès l'instant où mes paupières s'ouvrirent, je les refermai directement à cause de la lumière qui m'éblouissait.

- Elle se réveille, appelez un médecin, vite, fit une femme que je ne connaissais pas.

Je retentai l'expérience et, cette fois, mes yeux restèrent ouverts. Tout était blanc autour de moi. Je me trouvais dans une chambre d'hôpital.

Mais qu'est-ce que je faisais ici ?

- Je suis là, ma chérie, ne t'inquiète pas, entendis-je la voix de mon père en posant sa main sur la mienne.

J'essayai de me relever, mais me recouchai tant la douleur dans mon crâne était insupportable.

- Restez couchée mademoiselle, vous avez pris un gros coup sur la tête, dit la voix de la femme que j'avais entendue plus tôt.
- Je...qu'est-ce qu'il m'est arrivé ? demandai-je avec peine.

J'avais le corps tout engourdi. J'avais l'impression qu'on m'avait écrasée.

- Vous avez été poussée lors d'une bagarre et votre tête a heurté violemment le sol, me raconta l'infirmière.

Et comme si ce qu'elle venait de me dire faisait l'effet d'un électrochoc, tous les événements me revinrent en tête. La discussion sur la plage avec Aurèle. Ma recherche avec Juliette dans le lycée en pleine nuit. Et le moment où Benjamin m'avait défendue, puis poussée pour me protéger d'Aurèle. *Comment Benjamin avait-il pu savoir qu'on était là-bas ? Il m'avait poussée pour qu'Aurèle ne s'en prenne à moi, mais que lui était-il arrivé ?*

Je n'eus pas le temps de demander à mon père d'autres explications qu'une personne déboula dans la chambre.
- Oh mon Dieu, Lilly, j'ai eu tellement peur, pleura Juliette en me sautant dans les bras.

Je grimaçai à cause de la douleur, mais elle s'éloigna vite en s'excusant sans s'arrêter.
- C'est bon, Juliette, tu ne m'as rien fait, essayai-je de la rassurer.
- Normalement, tout est bon, vous aurez besoin de repos, mais vous pourrez rentrer chez vous dès ce soir, nous annonça le médecin avant de quitter la pièce.

Je me tournai vers mon père et il se leva aussi pour sortir de la chambre. Il fallait que je parle avec Juliette. Le bruit de la porte qui se refermait se fit entendre et je ne perdis pas une seconde.
- Que s'est-il passé ? lui demandai-je, encore perdue.
- J'ai prévenu les garçons qu'on était peut-être en danger avec mon frère en pleine crise. Tous devaient venir, mais pas Benjamin, je lui avais interdit car c'était trop dangereux.

Elle débita tellement à toute vitesse qu'elle fit une pause pour reprendre son souffle.

- Calme-toi, Juliette je vais bien, prends ton temps, lui dis-je en posant ma main sur la sienne.
- Alors comme tu t'en doutes, Benjamin n'a rien voulu entendre et est arrivé le premier. Quand il a vu qu'Aurèle s'approchait dangereusement de toi, il t'a poussée pour qu'il ne t'atteigne pas et lui a sauté dessus.

Je restais sous le choc. Je ne comprenais pas pourquoi Benjamin avait absolument voulu me protéger. Mais ce qui m'intéressait, c'était la suite de l'histoire.

- Qu'est-ce qu'il lui est arrivé ? osai-je demander enfin.
- Benjamin s'en est sorti avec quelques égratignures et le visage un peu amoché, mais Aurèle a eu plusieurs côtes cassées. Il ne l'a pas raté, dit-elle en riant. Mais bon, ça reste mon frère, j'espère qu'il ira mieux, mais je ne lui pardonnerai pas d'avoir voulu s'en prendre à toi.

Je sentais qu'elle souffrait de cette situation. Voir son frère sombrer chaque jour la détruisait.

- Mais tu t'en rends compte que Benjamin t'a défendue alors que ce mec ne pense qu'à lui d'ordinaire, dit-elle en changeant de sujet comme on changeait de chaussettes.

Elle essayait de cacher sa souffrance. Mais la voir avoir les mêmes réflexions que moi me rendait encore plus dans l'incompréhension.

- Ah, et j'ai failli oublier, à cause du choc, tu es restée endormie pendant près de 7 heures et Benjamin ne t'a pas quittée des yeux une seule seconde dès qu'il est arrivé ici.

Je n'y croyais pas. *Comment était-ce possible ? Pourquoi aurait-il fait ça alors qu'on n'était même pas amis ? Si ? Peut-être ?*

Peu importe je ne comprenais rien.

- Il culpabilisait probablement de m'avoir fait mal, rien d'autre, essayai-je de la convaincre ainsi qu'à moi.
- Tu sais très bien que ce n'est pas ça, Lilly, me regarda Juliette avec plein de sous-entendus.

J'écarquillai les yeux. Je devais mal avoir compris son sous-entendu.

- Oui, Lilly, je dis bien qu'il doit bien t'aimer.

- Jamais de la vie, ce mec n'aime personne et pourquoi moi ? Et s'il m'aimait, où est-il à cet instant ? Mais bon, je ne veux pas parler de ça, tu m'aides à me préparer pour rentrer ? tentai-je de changer de sujet.

Il ne pouvait pas avoir de sentiment pour moi. On se connaissait à peine. Ok, on s'était embrassés une fois, mais il n'avait rien ressenti vu comment il m'avait ignorée jusqu'ici. Je sentis une gêne dans ma poitrine. Un mélange d'espoir qu'il ressente quelque chose pour moi et en même temps de la colère qu'il m'ait ignoré tout ce temps.

- Je dis juste que tu devrais parler avec lui, me chuchota à l'oreille ma meilleure amie.

Sa phrase me fit avoir des frissons. *Lui parler de quoi ?* Je ne savais pas ce qu'il ressentait et moi-même, je ne savais pas. Et s'il y avait quelque chose, Aurèle allait encore péter un câble. Je ne pouvais pas me le permettre.

Chapitre 16

La bagarre au lycée entre Aurèle et Benjamin datait maintenant de deux semaines. Deux semaines pendant lesquelles je n'avais vu aucun des deux et où je n'y étais pas retournée. Mais demain, je devais y aller.

Je n'en pouvais plus. Mon téléphone n'arrêtait pas de sonner depuis tout ce temps. Et tous les appels et messages venaient des mêmes personnes.

De Benjamin :

Salut ça va ? Je suis désolé, il faut que je te parle. Quand tu vois ce message appelle-moi pour qu'on se voie. À demain !

D'Aurèle :

Lilly réponds-moi s'il te plait. Faut que je te parle. Quand tu viens voir Juliette, viens me parler. À demain.

Ils s'étaient passés le mot ou quoi ?

Je n'avais envie de parler à aucun des deux. Si je parlais avec Benjamin, Aurèle ferait encore des siennes.

Et si je parlais à Aurèle après ce qu'il avait voulu me faire, Benjamin m'en voudrait et s'en prendrait encore à lui.

La meilleure chose à faire était de les ignorer tous les deux et de continuer à vivre normalement. Oui, c'était la meilleure chose à faire. J'éteignis mon téléphone et décidai d'aller me coucher. Demain, les cours recommençaient pour ma plus grande joie.

....

Le lendemain :

Je regardai le bâtiment qui me faisait face, pris une grosse inspiration et pénétrai à l'intérieur. Je me dépêchai de passer à mon casier et d'aller en cours. Je ne voulais absolument pas croiser les deux garçons qui hantaient mon esprit. Je saluai la prof de math et je m'installai au fond de la classe près de Juliette.

- Ça va ? me demanda-t-elle en fronçant les sourcils.
- Oui, je n'ai juste pas beaucoup dormi, lui dis-je.
- Ça va aller, me rassura ma meilleure amie en m'offrant un sourire compatissant.

La sonnerie retentit, ce qui marqua le début des cours. J'essayai de me concentrer sur ce que ma prof de math nous expliquait, mais mon esprit était ailleurs. Je n'arrêtais pas de penser à comment j'allais faire avec Aurèle et Benjamin. Je n'allais pas pouvoir les ignorer toute ma vie. La prof nous libéra quelques minutes avant la sonnerie et je me pressai à l'extérieur. Je sortis dans la cour. L'air frais m'aida à remettre mes idées en place. Je voulais rentrer chez moi, car je savais très bien que j'allais devoir faire face à Aurèle après, à mon cours de gym. Il était toujours l'assistant de prof. Au loin, je vis Juliette me rejoindre.

- Je crois que quelqu'un veut venir te parler mais n'ose pas, me murmura-t-elle en me montrant du regard la personne.

Ce fut là que mes yeux rencontrèrent les siens. Je ne l'avais pas revu depuis ce fameux soir où tout avait basculé. Benjamin s'en voulait de m'avoir emmenée à l'hôpital, ça se voyait.

- Il mérite que tu l'écoutes Lilly, me dit Juliette.

Elle avait raison. Je devais l'écouter, il m'avait protégé quand même. J'acquiesçai et lui dis qu'on se rejoindrait en cours. Je quittai mon amie et me dirigeai vers l'une des personnes qui ne voulait pas sortir de mon esprit.

- Salut, fis-je d'une petite voix.

Il écarquilla les yeux en voyant que je lui adressais enfin la parole.
- Euh...sa...salut, bégaya-t-il.
- Je suis désolée de t'avoir ignoré tout ce temps, mais j'avais besoin de réfléchir à tout ce qui s'est passé, lui avouai-je.
- C'est à moi de m'excuser, Lilly, je t'ai blessée et je m'en veux terriblement.
- Ce n'est rien et je vais beaucoup mieux maintenant.

Je lui offris un sourire sincère pour tenter de le rassurer.
- Est-ce que tu es libre ce soir ? J'aimerais qu'on parle, mais pas ici, lui proposai-je.
- Oui bien sûr.

Je vis dans ses yeux comme de l'espoir.

La pause toucha à sa fin et le cours de gym nous attendait.
- On va être en retard, lui dis-je.
- Oui, allons-y. Je passerai te chercher ce soir à 18 h alors.

Je hochai la tête et nous quittâmes la cour. J'entrai dans les vestiaires et me changeai en prenant le plus de temps possible. Je ne voulais pas voir Aurèle. Des coups retentirent à la porte.

- Allez, les filles, on se bouge le cours va commencer, fit la voix de notre professeur.

Je me dépêchai à contrecœur et sortis.

À peine avais-je mis un pied dans la salle que mon regard croisa celui d'Aurèle. Je le vis s'approcher de moi, mais je courus me réfugier vers sa sœur. Je remarquai Benjamin lancer une œillade mauvaise en sa direction, mais il l'ignorait totalement.

- Fais comme s'il n'était pas là et reste avec moi, me souffla Juliette.

Le reste du cours se passa bien, même si je sentais son regard sur moi. À la fin de la classe, je me rhabillai en quatrième vitesse pour enfin rentrer chez moi. Mais je sentis quelqu'un derrière moi. S'il vous plaît que ce ne soit pas lui.

- Lilly, attends-moi ! Lilly, putain, je te parle.

Sa voix me glaça le sang. J'avais des sueurs froides rien qu'en entendant sa voix. Depuis que je l'avais vu dans cet état, la haine reflétée dans ses yeux, il me faisait peur. Je pris sur moi et lui fis face.

- Aurèle, laisse-moi tranquille, je ne veux plus rien avoir à faire avec toi, m'exclamai-je dans sa direction.

Mon cœur battait la chamade et je sentis la crise de panique arriver.
- Écoute-moi s'il te plait.

Il posa sa main sur la mienne, mais je la dégageai immédiatement.
- Ne me touche pas ! hurlai-je.
- Ne me parle pas comme ça, Lilly, tu dois m'écouter, s'énerva-t-il.

La colère que j'avais vue l'autre soir, je commençai à la revoir dans ses yeux. Autour de nous, il n'y avait personne, tous étaient déjà rentrés. Et s'il s'en prenait à moi, personne ne serait là pour m'aider. Ma respiration se saccada et la crise de panique m'enveloppa.
- Lilly, ça va ? Bordel, Lilly, qu'est-ce que tu me fais ? fit la voix inquiète d'Aurèle.

Ça bourdonnait dans mes oreilles. Je sentis qu'on me soulevait du sol.
- Couche-toi, m'ordonna la voix qui me faisait tant peur.

Mon corps obéit machinalement. C'était comme si mon cerveau et mon corps n'étaient plus connectés. Mais un geste me ramena directement à la réalité. Aurèle venait de poser ses lèvres sur les miennes. Je me figeai à son contact et les larmes inondèrent mes yeux.

- Lâche-moi, arrivai-je à dire entre mes sanglots.

Il se décrocha de moi et me fit face.

- Je te laisserai tranquille, mais je veux que ce soir, on ait une discussion, je viens te chercher à 18 h, lâcha-t-il avant de quitter la pièce.

Je n'eus même pas le temps de prononcer quoique ce soit qu'il avait déjà quitté l'infirmerie. Lorsque je me rendis compte de ce qu'il s'était passé, mes pleurs doublèrent. Ce soir, les deux garçons allaient m'attendre devant chez moi pour me parler. *Mais qu'est-ce que j'allais faire ?* Moi qui ne voulais voir aucun des deux aujourd'hui, c'était raté.

Chapitre 17

Dès que je franchis la porte de chez moi, je fonçai dans ma chambre et m'enfermai. J'ignorai les appels de mon père depuis le salon. Il me restait exactement une heure avant que les garçons arrivent et que tout parte en cacahuète. Je devrais peut-être dire à Benjamin d'annuler. *Mais pourquoi je m'étais mis dans une merde pareille ?* J'avais besoin de Juliette pour qu'elle m'aide. Je cherchai son contact et l'appelai.

Elle répondit à la deuxième sonnerie.

- Comment va ma meilleure amie ? me demanda-t-elle avec sa joie de vivre habituelle.

C'était pour ça que je l'aimais tant. Elle me faisait toujours sourire dans les pires situations. Malheureusement, je dus casser sa bonne humeur.

- Je suis dans la merde, Juliette, lui lâchai-je, paniquée.

- Qu'est-ce qui s'est passé ? dit-elle d'une voix inquiète.
- Dans une heure, Aurèle et Benjamin vont se pointer chez moi, lâchai-je.
- Oh bordel.

Et ce fut sa seule réponse. Ce qui voulait en dire long sur la situation.

- Annule avec Benjamin, m'ordonna Juliette après quelques secondes de silence.
- Quoi ? prononçai-je d'une voix choquée.

Je ne comprenais pas pourquoi elle voulait que j'annule avec lui. *Elle voulait que je me retrouve avec son frère ?* J'étais sur le point de riposter quand je me fis couper par Juliette.

- Je ne veux pas que tu te retrouves avec lui, Lilly, mais dès qu'il aura eu ce qu'il désire, il te laissera tranquille, essaya-t-elle de me rassurer.

Je n'étais pas aussi sûre qu'elle sur ce point. Je le connaissais assez pour savoir qu'il n'allait jamais lâcher l'affaire.

- Et je fais quoi avec Ben ? m'entendis-je lui demander.

Est-ce que j'étais en train d'accepter son plan ? Je crois bien.

- Dis-lui juste que tu as eu un empêchement, il te fera peut-être la gueule, mais il ne te fera rien.

C'était vrai que Ben ne me ferait jamais aucun mal. Au pire, il ne me parlerait plus. Je remerciai mon amie et me dépêchai d'envoyer un message à Benjamin.

À Ben :
Salut, je suis désolée, j'ai eu un petit imprévu et je ne vais pas pouvoir ce soir. On remet ça :)

Je posai mon téléphone et le mis en mode silencieux. Il fallait que je me prépare mentalement à mon rendez-vous avec Aurèle.

Au moment où je sortis de la salle de bain, la sonnerie retentit. Mon cœur rata un battement. Je soufflai un bon coup et me dirigeai vers l'entrée. J'ouvris la porte et restai figée en voyant non pas Aurèle, mais Benjamin devant moi.

- Tu...tu fais quoi ici ? bégayai-je, encore sous le choc.
- Tu as annulé notre rendez-vous au dernier moment et tu ne répondais ni aux messages ni aux appels, m'avoua-t-il, un peu énervé. Et je vois que tu as mieux à faire, remarqua-t-il en analysant ma tenue.

Je voyais bien qu'il était déçu de moi.
- Ce n'est pas ce que tu crois Ben...
- Il fout quoi là ? cracha Aurèle derrière lui en le fusillant du regard.
- Tu as annulé avec moi pour lui ? Tu es sérieuse, il est dangereux, Lilly ! s'écria Ben.

Mon cœur commençait à battre à la chamade. *Qu'est-ce que j'allais bien pouvoir faire avec eux ?* Je les entendis se crier dessus, mais j'étais incapable de prononcer un mot. Je les regardais tous les deux, comme deux gamins en train de se chamailler. Je sentis la colère monter en moi. Je les dévisageai avant de tourner les talons et de rentrer chez moi. Juste avant que la porte soit fermée, je pus apercevoir leur tête se décomposer. J'allai à la cuisine, ouvris la fenêtre et leur criai.
- Je vous parlerai quand vous aurez décidé d'être des hommes au lieu de deux gamins.

Je ne leur laissai pas le temps de riposter que je refermais déjà la fenêtre. Au bout de quelques minutes, chacun partit en continuant à se fusiller du regard. *Ils n'avaient pas compris quand je leur avais dit d'arrêter d'être des enfants ?* Quand je vis leurs silhouettes disparaître, je soufflai de soulagement. Comme si depuis qu'ils étaient là, j'avais cessé de respirer.

Je sentis mon téléphone sonné dans la poche arrière de mon jeans. Je le pris et acceptai l'appel de Juliette.
- Allo, Lilly, ça va ? me demanda Juliette, essoufflée.
- Euh...oui, c'est plutôt toi est-ce que ça va ?
- Ah bah, je viens de courir de chez moi à chez toi donc je suis un peu essoufflée.
- Quoi ? fis-je, perdue.
- Tu peux venir m'ouvrir ?

Elle faisait quoi ici ? Elle savait que j'avais rendez-vous avec son frère normalement. Je ne perdis pas une minute et allai lui ouvrir.
- Il faut que tu me racontes ce qu'il s'est passé, mon frère s'est pointé chez nous hors de lui alors qu'il était censé être avec toi, me dit Juliette.

J'espère qu'il ne s'en était pas pris à Juliette ni à ses parents.
- Avant de te raconter, tu veux un verre d'eau ? lui proposai-je en la voyant reprendre son souffle après sa course.
- Oui, volontiers.

Je pris un verre dans la cuisine et lui ramenai au salon.
- Ben s'est pointé chez moi alors que j'avais annulé. Aurèle est arrivé, mais ils ont commencé à

s'engueuler donc je les ai mis à la porte tous les deux.
- Attends, tu n'as pas fait ça ? me demanda-t-elle, choquée de mon audace.
- Je leur ai dit que je leur parlerai quand ils se comporteront en hommes au lieu de gamins.

Elle éclata de rire et je l'imitai.
- Purée, je t'aime toi. Tu n'es pas ma meilleure amie pour rien.

Elle me prit dans ses bras tout en continuant à rire. Je lui proposai de rester pour la soirée et on commanda notre repas préféré : des sushis.

Chapitre 18

Quelques semaines plus tard :

Les jours devenaient de plus en plus froids. Les fêtes de fin d'année approchaient à grands pas. Cette année, j'allais les fêter avec mon père et la famille de Juliette. Bien sûr, il y aurait Aurèle, mais cela faisait plusieurs semaines que je ne lui avais pas adressé la parole. Comme pour Ben d'ailleurs. Depuis qu'ils s'étaient pointés les deux devant chez moi, j'avais décidé de faire une pause pour réfléchir. Je sentais maintenant qu'ils méritaient que j'aille une discussion avec chacun d'entre eux. Pendant tout ce temps, Aurèle me bombardait de messages et demandait à Juliette de me faire passer des mots. Ben, contrairement à lui, avait complètement disparu de la circulation avant de réapparaitre il y a quelques jours. Je m'interrogeais où il avait bien pu être.
La voix de Juliette me fit sortir de mes pensées.

- Lilly, je te cherchai ! cria-t-elle à l'autre bout du couloir en courant vers moi.
- Il y a un problème ? demandai-je, inquiète.
- Ça fait quelques jours que j'évite mon frère, je n'en peux plus, il n'arrête pas de me demander de te dire des choses de sa part, dit-elle, agacée par le comportement de son ainé.

Je lâchai un petit rire, mais m'arrêtai directement en voyant son regard noir.

- Je te promets que j'irai lui parler, il a assez attendu, fis-je pour la rassurer.
- Tu es sûr que tu es prête ? s'assura Juliette.
- Oui, ils ont assez patienté. Ah et, au fait, tu sais où Ben avait disparu ? lui posai-je la question, curieuse.
- Aucune idée, mais depuis qu'il est revenu, il n'adresse plus la parole à personne.

- Même aux gars ? la questionnai-je surprise.

D'ordinaire, il était toujours fourré avec eux.

Elle acquiesça d'un hochement de tête. C'était vrai que quand je l'avais vu hier matin, il avait l'air encore plus froid que d'habitude.

- Jayden nous propose de sortir ce soir pour faire un bowling, ça te dit ? me proposa-t-elle.

Je la regardai en fronçant les sourcils.

- Tu reparles à Jayden ? lui demandai-je dans l'incompréhension.
- C'est du passé et quand j'ai craqué c'était juste une petite rechute, ne t'inquiète pas, fit-elle en balayant de la main le sujet.

Je restai perplexe, mais n'en demandai pas plus pour ne pas la braquer.

- Bon, j'y vais. On se voit ce soir du coup.
- Yes.

Je la pris dans mes bras et on rejoignit chacune notre classe.

En me dirigeant vers mon cours, je passai à côté de Ben et je me dis que c'était l'occasion parfaite pour lui parler.

- Salut Ben.
- Ouais, salut, fit-il, blasé, sans me regarder.

Je n'aurais pas dû être choquée par son ton et sa réponse, car il avait toujours été comme ça, mais là, je sentais que c'était différent. C'était comme s'il fuyait mon regard.

- Tu sais qu'il faudrait qu'on parle, ça te dit qu'on se rejoigne après les cours ? Tu peux venir avec les gars et nous au bowling, lui proposai-je.
- Non.
- Non ? répétai-je pour être sûre d'avoir bien compris.

Il se retourna vers moi et, pour la première fois, ses yeux rencontrèrent les miens. Il me lança un tel regard noir que mon sang ne fit qu'un tour.

- Tout ne tourne pas autour de toi, Lilly, je n'ai rien à te dire, cracha-t-il en claquant la porte de son casier et ce qui me fit sursauter.

Il tourna les talons et partit sans rien ajouter. Je restai là pendant un moment sans me rendre vraiment compte de ce qu'il venait de se passer. La sonnerie me sortit de mon état second et je compris que j'étais en retard en cours. Je courus jusqu'à ma classe et m'excusai de mon retard.

- La prochaine fois, ça sera en retenue, mademoiselle Collins, dit Monsieur Perilson d'une voix autoritaire.

Je me dirigeai vers ma place et sortis mes affaires de mon sac.

Le cours passa à une lenteur extrême. J'essayai d'écouter, mais mon cerveau divaguait vers autre chose. Je ne comprenais pas pourquoi Ben avait réagi comme ça. Il s'était passé quelque chose, je le sentais. Il fallait que je sache quoi.

Quand la cloche sonna, je quittai la classe et j'allai à la recherche d'Aurèle. Je le trouvai en pleine discussion avec le prof de gym. J'attendis que celui-ci finisse de lui parler et, quand il se retrouva seul, je l'appelai. Il s'arrêta net à l'entente de ma voix. Il devait avoir cru rêver car il reprit sa marche.

- Aurèle ! criai-je une seconde fois.

Cette fois-ci, il se retourna et écarquilla les yeux en voyant que je lui adressai enfin la parole. Je raccourcis les mètres qui nous séparaient et le saluai.

- Euh salut ? dit-il, perplexe.
- J'ai beaucoup réfléchi et je pense que tu mérites qu'on aille enfin une discussion.

Il ne me lâcha pas une seconde du regard pour être sûr que je ne lui faisais pas une blague. Je vis de l'espoir et de l'enthousiasme dans ses yeux.

- Je t'invite ce soir au resto alors. Je viendrai te chercher vers 19 h, ça te va ? me demanda Aurèle.

Je hochai la tête et chacun repartit de son côté. Moi qui pensais que ça allait être plus facile avec Ben et plus dur avec Aurèle, c'était tout le contraire. Je songeai à Juliette et lui envoyai un message pour la prévenir.

À Juliette :
C'est bon j'ai parlé à ton frère, on se voit ce soir. Je ne serai pas là pour le bowling. En revanche, Ben, il m'a envoyé bouler. Il avait l'air bizarre.

Je n'eus pas besoin d'attendre longtemps que sa réponse se fit entendre quelques secondes après.

De Juliette :
Sérieux ? Je me demande ce qu'il a ? Dommage que tu ne viennes pas :(Fais attention quand même avec mon frère. Préviens-moi s'il y a un problème. Bisous

À Juliette :
Promis je t'aime fort.

Je rangeai mon téléphone et sortis du bâtiment. Un vent glacial traversa mon corps et je m'emmitouflai dans ma veste.
- Monte, je te ramène, m'ordonna la voix de Ben.
Je sursautai, ne m'attendant pas à le voir ici. *C'était quoi son problème à lui à la fin ? Il était bipolaire ?*
- Non, crachai-je.

- Ne fais pas la gamine et monte, s'énerva-t-il.

J'éclatai de rire. C'était l'hôpital qui se foutait de la charité.

- Tu es mal placé pour dire ça, Benjamin, lui dis-je en lui faisant face.

Aucun de nous ne bougea, jusqu'à qu'il s'approche dangereusement de moi.

- Je ne vais pas te le répéter une troisième fois, tu vas monter dans cette foutue voiture, poser ton cul dans ce siège et fermer ta petite gueule, lança-t-il en me regardant de son regard glacial.

Je sentais son souffle près du mien. Nos lèvres étaient qu'à quelques millimètres. La colère bouillonnait dans mes veines. On s'affronta du regard pendant quelques instants jusqu'à qu'il parte s'asseoir du côté conducteur. Depuis l'intérieur, il me montra le siège à côté de lui d'un signe de la tête. Je soufflai d'agacement et montai à contrecœur.

Durant le trajet, aucun de nous deux ne parlait. Il tournait gauche et je me rendis compte qu'il aurait dû aller à droite.

- Tu fous quoi là ? Chez moi, c'est à droite, m'énervai-je.
- On ne va pas chez toi.
- Quoi ? hurlai-je.

Chapitre 19

- Ramène-moi chez moi s'il te plait, Benjamin, le suppliai-je.
- Pas avant qu'on aille parler.

Il rigolait, j'espère.

- Non, mais je n'y crois pas, soufflai-je d'agacement.
- Quoi encore ? demanda-t-il en fronçant les sourcils.
- C'est toi qui ne voulais pas parler ce matin, je te rappelle.
- Ouais bah, j'ai changé d'avis, lança-t-il comme si de rien n'était.

Ce mec était vraiment bipolaire, ce n'était pas possible. Il roula encore quelques minutes et se gara. Je reconnus directement l'endroit. Le lac où il m'avait emmenée la première fois. Personne ne parla pendant près de dix minutes. Je décidai donc de briser ce silence.

- Tu m'as emmenée ici pour parler donc parle, lui ordonnai-je.

Il ne réagit pas tout de suite à mes paroles. Il était perdu dans ses pensées. Je posai ma main sur son épaule et il sursauta.

- Oh, désolé, oui euh...désolé de t'avoir poussée et de m'être battu avec Aurèle, dit-il en hésitant.

Son comportement avait changé. Je lui lançai une œillade pour qu'il continue.

- Quand Juliette nous a dit ce qu'il s'est passé, j'ai pété un câble. Je ne voulais pas qu'il s'en prenne à toi. Mais je suis conscient que j'y suis allé trop loin, je m'en veux de t'avoir blessée.

Je voyais dans ses yeux qu'il était sincère. Il y avait de la culpabilité.

- Je devais te remercier de m'avoir protégée d'Aurèle, lui dis-je d'un ton rassurant en posant ma main sur la sienne.

Nos regards se lièrent sans qu'aucun de nous parle, ils le faisaient tous seul.

- Lilly, il faut que je te dise quelque chose, m'avoua-t-il d'une voix hésitante.

Je fronçai les sourcils, ne comprenant pas.

- Je...si j'ai fait tout ça, si j'ai réagi comme ça c'est..., commença-t-il avant d'être coupé par la sonnerie de mon téléphone.

Il se referma et souffla d'agacement. Je pris mon portable de ma poche arrière et me figeai en voyant qui m'appelait. Je l'éteignis et le rangeai comme si de rien n'était.

Ben me regarda, étonné, et me demanda, inquiet :
- Est-ce que ça va ?
- Oui oui, mais il faut que je rentre. Tu me disais quoi ? essayai-je de contrôler ma voix alors qu'à l'intérieur de moi, je paniquais.

Aurèle essayait de me joindre depuis tout à l'heure. Et pour couronner le tout, on était à plus d'une demi-heure de chez moi et Aurèle allait venir me chercher dans moins d'une heure.
- Ce n'est pas important, je te repose chez toi, lança Ben d'un ton froid.

Il avait dû voir qui avait essayé de m'appeler et s'était complètement renfermé sur lui-même. Il avait remis sa carapace. Jamais je n'allais réussir à avoir une discussion avec lui, Aurèle était toujours au-dessus de nos têtes.
- S'il te plait, Ben, je sais que tu as vu qui m'appelait, je dois parler aussi avec lui, mais je suis avec toi là

il faut que tu me dises, fis-je, tentant de le convaincre de me parler.
- Il a sûrement des choses plus importantes à te dire, cracha-t-il.

C'était peine perdue. Je soufflai d'agacement. J'en pouvais plus de cette situation. Le seul que je voulais vraiment écouter, ne voulait plus me parler. Et au contraire, celui que j'essayais d'éviter me collait à la peau. Je tournai la tête en direction de Ben et ne réfléchis pas.

J'écrasai mes lèvres sur les siennes. Il resta figé sous la surprise de mon geste pendant quelques secondes, mais me rendit mon baiser. Il me souleva et je me retrouvai à califourchon sur ses genoux. Il recula son siège pour que je ne sois pas collée au volant. Notre baiser était intense et passionnel. Je n'avais ressenti qu'avec lui ce genre de sensation. Nos lèvres se séparèrent pour reprendre notre souffle. Ses yeux s'encrèrent aux miens. Je ne perdis pas une seconde et collai ma bouche contre la sienne. Je l'entendais grogner. Très vite la température monta. Notre baiser s'intensifia. Je posai mes mains sur son torse et les descendis vers ses abdos. Au moment où j'allais lui retirer son t-shirt, il me stoppa. Je le regardai sans comprendre. La gêne m'enveloppa d'être allée trop loin et je m'extirpai de ses bras pour me rasseoir sur mon siège. Il me retint et essaya de capter mon attention. Trop honteuse, je baissai la tête.

- Lilly, regarde-moi, me dit-il en posant ses doigts sur mon menton pour me relever la tête.

Je croisai son regard et ne le lâchai pas.

- Crois-moi, j'en ai envie, mais...je ne peux pas faire ça, j'ai trop de respect envers toi, on doit parler de tout avant, souffla-t-il.

Je ne sais pas ce qui m'avait pris. Il avait raison, on devait parler. Je lui souris comme réponse et détournai le regard, encore gênée de ce qu'il venait de se passer.

Il démarra et aucun de nous ne parla. J'étais perdue dans mes pensées. Perdue entre ce qui venait de se dérouler et ce qui allait se passer dans la soirée avec Aurèle.

Quelque chose me sortit de mes pensées. Ben posa sa main sur la mienne et caressa de son pouce le dessus de ma main. Il n'avait pas quitté la route des yeux. J'essayai de réprimer mon sourire en vain. Je me tournai vers la fenêtre et regardai le paysage défiler.

Il se gara devant chez moi et je soufflai de soulagement en voyant qu'Aurèle n'était pas encore là. Je me décrochai et ouvris la porte.

- Attends, me retint Ben en me tirant le poignet.

Je me rassis et lui fis face.

- Fais attention, appelle-moi s'il y a un problème, me demanda-t-il, inquiet que je sois seule avec Aurèle toute la soirée.
- Promis, lui dis-je avant de poser mes lèvres sur les siennes.

Je le sentis sourire à travers notre baiser. Celui-là était doux et rapide. Je lui souris et sortis de la voiture. Quand j'entrai dans la maison, je le vis partir. Il avait attendu d'être sûr que je sois bien chez moi. En refermant la porte, je posai la tête sur celle-ci, un sourire scotché aux lèvres.

Je regardai l'heure sur l'horloge du salon et courus vers ma chambre me préparer. Aurèle allait venir dans quelques minutes.

Chapitre 20

J'enfilai ma dernière chaussure quand la sonnerie retentit. J'étais déjà stressée pour ce soir, mais en sachant qu'il n'était qu'à quelques mètres de moi, cela fit monter mon stress en flèche. Je me dépêchai et ouvris la porte. Aurèle se tenait devant moi avec des fleurs dans les mains. Il ne fallait pas se mentir, Aurèle était très avantageux niveau physique. Il était très beau. Je le remerciai pour les fleurs et le fis entrer.

- Je les mets dans l'eau et on peut y aller, lançai-je depuis la cuisine.

J'avais sauté sur l'occasion des fleurs pour perdre du temps. Je pris un vase dans l'armoire et le rempli d'eau.

- Elles sont magnifiques comme toi, me souffla Aurèle au creux de mon oreille.

Des frissons me parcoururent tout le corps. Le savoir si près de moi me rendait anxieuse.

- On peut y aller, je suis prête, tentai-je de me défaire de son emprise.
- Avec plaisir, ma belle.

Je refermai la porte d'entrée derrière moi et suivis Aurèle vers sa voiture. J'allai poser ma main sur la portière, mais il l'ouvrit avant moi.

- Après toi, me lança Aurèle d'un ton charmeur.

Je le remerciai d'un sourire gêné et m'assis du côté passager. Il me rendait tellement nerveuse. Je ne savais pas comment me comporter avec lui. Depuis qu'on s'était revu, je n'avais vu que de la colère et le voir ainsi avec moi me perturbait. Tout le long du trajet, il n'y avait que le bruit de la radio. L'anxiété m'empêchait de parler. Je m'en rendis compte quand je remarquai l'état de mes ongles. Bien sûr, Aurèle le vit aussi.

- Tu es nerveuse, dit Aurèle.

Non, sans blague.

- Ça va aller et on est bientôt arrivé, m'annonça-t-il.

Je n'avais aucune idée d'où il m'emmenait. Quelques minutes plus tard, il se parqua en face d'un grand restaurant que je ne connaissais pas. Il vint m'ouvrir la portière pour me faire sortir.

Il était gentleman maintenant ?

On se dirigea vers l'établissement et on s'introduit dans celui-ci.
- Vous avez réservé à quel nom ? nous demanda un serveur.
- Flech, lui répondit Aurèle froidement.

Que lui prenait-il ?
- Suivez-moi, je vous prie.

Le serveur me tira la chaise pour me laisser m'installer. Je le remerciai et il s'en alla. Je remarquai qu'Aurèle avait les poings serrés et fixait un point derrière moi d'un regard noir. Je me retournai et vis qu'il fusillait des yeux le serveur.
- Laisse-le tranquille, il ne t'a rien fait, le prévins-je.
- Il te dévore du regard, il n'a pas le droit, personne n'a le droit, sauf moi, cracha-t-il.

Je m'étouffai avec ma salive à l'entente de sa phrase.
- Aurèle...écoute.
- Non, Lilly, tu es à moi, personne n'a le droit, me coupa-t-il.

Je fronçai les sourcils, la colère commençait à monter en moi.
- Aurèle, je n'appartiens à personne et encore moins à toi, lui rappelai-je.

Je vis sa mâchoire se contracter, mais il se radoucit en voyant mon regard noir.

- Que voudriez-vous boire ? nous demanda le serveur qui était revenu vers nous.
- Une bière pour moi, lui répondit Aurèle.

Je grimaçai à sa réponse. L'alcool et ses problèmes de colère ne faisaient pas très bon ménage. Le serveur se tourna vers moi, attendant que je réplique.

- De l'eau, ça ira merci beaucoup, je lui souris pour le remercier.

Il nous apporta nos boissons et le menu. Après quelques minutes de réflexion, on commanda. Je sentais que c'était le moment de parler.

- Aurèle, il faut qu'on parle, le prévins-je.
- C'est ce que je me disais, ma belle, me dit-il en posant sa main sur la mienne.

Je la retirai lentement et son regard reflétait de l'incompréhension.

- Écoute, entre nous, ça s'est terminé depuis longtemps. Il faut que tu me laisses vivre ma vie, que ce soit seule ou...avec quelqu'un.

Tout son corps se crispa. Il ne s'attendait sûrement pas à que je le repousse. Mais à mon plus grand étonnement, il ne dit rien et me laissa finir.

- Je t'ai aimé, Aurèle, énormément même, mais c'est de l'histoire ancienne et tu as besoin d'aide pour régler tes problèmes. Je ne suis pas ta solution. Les médecins, oui.

Il lâcha un petit rire. Je ne comprenais pas sa réaction.

- Oh, Lilly, ma chère Lilly, maintenant que tu as fini, c'est à moi de parler.

Il se fit couper par le serveur qui nous apporta nos plats. Il grogna de frustration.

- C'est bon, vous pouvez partir, cracha Aurèle qui perdait patience.

Le serveur écarquilla les yeux et déguerpit à toute vitesse, gêné.

- Il ne t'a rien fait.

Il balaya mes paroles de revers de la main et reprit.

- Tu m'appartenais et tu le seras toujours, Lilly, quoi que tu veuilles.

J'allais le contredire lorsqu'il me menaça du regard. Je refermai la bouche, déglutis et le laissai finir.

- Toi et moi, on va passer un petit marché.

Il posa ses coudes sur la table et se rapprocha de moi. Je reculai ma chaise pour être le plus loin possible de lui. Quand il était comme ça, il me faisait peur. Je sentais que ce qu'il allait me proposer n'allait pas me plaire.

- Tu vas être ma copine officiellement et ne plus jamais adresser la parole à Benjamin et aux autres qui lui servent d'amis.
- Tu rêves, Aurèle, crachai-je sous la colère.

Non, mais je n'y croyais pas. Il se prenait pour qui ?

- Très bien, tu ne veux pas, alors Benjamin disparaitra de la surface de la Terre, menaça-t-il.

Mon regard n'avait pas quitté le sien. Je déglutis difficilement en voyant son regard noir. Il me faisait réellement peur.

- Pourquoi je sortirais avec toi ? lui demandai-je en essayant de cacher ma panique.

Il ne répondit pas tout de suite. Il laissa quelques secondes de blancs avant de rétorquer.

- Tu m'appartiens, Lilly, si tu veux que tes proches soient sains et saufs, tu devras sortir avec moi.

Il était plus que sérieux. S'il n'avait pas ce qu'il voulait, il allait s'en prendre à ceux à qui je tenais. Même sa sœur. Je le regardai, perdue. Il ne pouvait pas faire ça.

- Ça s'est bien passé ? nous questionna le serveur de tout à l'heure qui avait l'air tout au temps paniqué et gêné qu'avant.

J'allai répondre quand Aurèle se rapprocha dangereusement de moi et m'embrassa avec force en montrant son doigt d'honneur à l'homme à côté de nous.

- À merveille ! s'exclama Aurèle en le provocant.

Le serveur repartit immédiatement. Je repoussai Aurèle.

- Ça ne va pas ! m'écriai-je.
- Chut, ma jolie, si les gens commencent à s'inquiéter tout est fini. Alors maintenant, tu vas poser tes lèvres sur les miennes et montrer que tu es la fille la plus heureuse du monde avec son copain, me murmura-t-il au creux de mon oreille.

Je me raidis complètement. Je n'avais pas le choix. Une larme dévala sur ma joue quand mes lèvres touchèrent celles d'Aurèle. Il sourit et se réinstalla à sa place.

- Qu'est-ce que j'aime quand tu m'obéis, s'enthousiasma-t-il.

À l'intérieur de moi, c'était la panique. Je ne savais pas comment j'avais pu me retrouver dans cette situation. Ma vie était un cauchemar.

Chapitre 21

Le lendemain :

Je n'avais aucune envie d'aller en cours. J'allais devoir ignorer Ben après ce qu'il s'était passé entre nous. Je ne savais pas comment il allait réagir, mais je sentais qu'il n'allait pas lâcher l'affaire facilement.
Mon téléphone vibra dans ma main, ce qui me sortit de mes pensées.

De Rick :
J'ai récupéré ma voiture, je serai là dans 5 minutes ma belle ;)

Je souris. Ça faisait longtemps que je n'avais pas revu Rick. Avec les cours, mon petit séjour à l'hôpital et le fait qu'il ne pouvait plus me ramener en voiture, on ne s'était pas beaucoup vu. J'allai lui répondre quand je reçus un message d'Aurèle. Mon sang ne fit qu'un tour.

D'Aurèle :

Je viendrai te chercher tous les jours, dis à ton pote gay qu'il peut arrêter. Sors je suis là.

Je soufflai, agacée, je n'aurais plus de liberté à ce rythme-là. J'envoyai un message à Rick pour le prévenir qu'il n'avait plus besoin de venir me chercher et sortis de chez moi. J'avançai vers la voiture d'Aurèle le plus lentement possible. J'essayai de perdre du temps. Arrivée devant la voiture, j'entrai à contrecœur et m'accrochai.

Je fus surprise quand il pressa ses lèvres d'un coup sur les miennes. Il n'y avait aucune délicatesse dans ses baisers.

- Bonjour ma chérie, me susurra-t-il près de mon oreille en posant ses lèvres sur mon cou.

Je tentai de rester tranquille, mais tout ça me rendait nerveuse. Ce n'était pas ce que je voulais. Sentir son contact sur ma peau me démangeait.

Il démarra sans un mot. Pendant tout le long du trajet, il me parla de je ne savais quoi, mais ayant l'esprit ailleurs et surtout ne voulant pas l'écouter, je ne répondis que par des oui, non et mmh.

Arrivés à destination, il se gara juste devant les grilles du lycée.

- On se voit ce soir et oublie pas notre accord, me prévint-il tout en m'embrassant et en enroulant sa main autour de mon cou.

Il resserra sa poigne et j'acquiesçai pour qu'il me lâche. Je sortis à toute vitesse de ce véhicule et pressai le pas vers ma classe. Je posai ma main sur mon cou, meurtrie, afin d'enlever la douleur. Je mis ma capuche sur ma tête pour éviter que Ben me voie. Je sentis quelqu'un poser sa main sur mon épaule.

- Tu faisais quoi avec mon frère ? s'inquiéta Juliette.
- Je...euh...on sort ensemble, alors il m'a emmenée, bégayai-je.

Elle éclata de rire. Quand elle vit que j'étais sérieuse, elle s'arrêta net.

- Tu rigoles, j'espère ? m'analysa-t-elle afin de voir si j'étais sincère ou non.
- Je sors avec lui, c'est tout, fis-je semblant de m'énerver et je la plantai là.

Ça me brisait le cœur de devoir lui mentir, mais c'était la seule solution pour que cette histoire soit crédible. Je marchai d'un pas assuré sans me retourner même si cela me démangeait. Au moment où j'allais pénétrer dans la salle de classe, on me tira par le bras et je me retrouvai dans un cagibi.

Je reconnus directement qui se trouvait devant moi. *Benjamin...*
- Tu ne m'as pas répondu hier soir, cela s'est bien passé ? s'inquiéta-t-il.

Mon visage se crispa. J'étais incapable de prononcer un seul mot. C'était beaucoup trop dur. Il tenta de m'embrasser, mais je le repoussai.
- Qu'est-ce qu'il t'arrive, Lilly ? commença-t-il, paniqué en voyant mon comportement.

Je pris une grande respiration afin de me donner du courage.
- Hier, c'était une erreur, ça ne se reproduira plus, lançai-je d'un ton froid.

J'essayai de paraitre détacher de la situation pour être la plus convaincante possible, mais en voyant la tête de Ben se décomposer devant mes yeux, j'avais plus en plus de mal.
- Qu'est-ce qui t'a fait changer d'avis ?

Je le vis remettre son masque pour se protéger. Il croisa ses bras comme pour se défendre. *Pardonne-moi, je t'en supplie.*
- Je sors avec Aurèle.

Je lâchai cela comme si je venais de lâcher une bombe. Le regard de Ben devint noir. Tout son corps se crispa à l'entente de mes paroles.

Il rit jaune. Je voyais bien que cette situation le mettait hors de lui. Mon cœur se comprima dans ma poitrine.

- C'est toi, hier, qui m'as sauté dans les bras, mais bon, tu dois le faire avec tous les mecs car finalement, tu es comme les autres, qu'une put....

Je ne le laissai pas le temps de finir sa phrase que ma main s'écrasa sur sa joue. Je le regardai avec dégoût et quittai le cagibi.

- Ne m'approche plus jamais, Collins, l'entendis-je crier derrière la porte.

Je me ruai dans les toilettes et fondis en larmes. *Comment avait-il osé ?*

Ma vie était en train de s'effondrer. Je me sentais terriblement seule. À cet instant précis, je détestais Aurèle de me faire vivre cela.

Benjamin

« Hier c'était une erreur ». « Je sors avec Aurèle ».
Ces deux phrases tournaient en boucle dans mon cerveau. Ça ne pouvait pas être possible. *Je faisais un cauchemar, hein ?*

Putain, je commençai à refaire confiance à une fille et voilà ce qui me tombait dessus. Je me fis la promesse de ne plus jamais ressentir quelque chose pour le sexe féminin. Qu'elle ose un jour m'approcher, Lilly Collins était rayée de ma vie.

Je repris mes esprits et sortis du cagibi. J'entrai dans la classe et m'assis à ma place habituelle. Je remarquai que Lilly n'était pas là. Je me frappai mentalement à ma simple pensée envers elle. Je pensais encore à elle après ce qu'elle venait de me faire. *Putain, que m'avait-elle fait ?*

Je m'affalai sur ma chaise et enfonçai mes écouteurs dans les oreilles. J'enclenchai ma playlist et mis le volume sonneur au maximum.

Je sentis quelqu'un me toucher le bras.

- Ça va, mec ? me demanda Jayden, inquiet, à ma droite.
- Très bien, crachai-je en remettant mes écouteurs.

Je n'avais aucune envie d'être là. Tout me soulait. Je ne pensai pas aux conséquences et je pris mon sac et quittai le cours en plein milieu. Je n'entendais pas à cause de la musique dans mes oreilles, mais j'étais presque certain que le prof m'ordonnait d'opérer un demi-tour. Qu'il aille se faire foutre, comme tout ce lycée.

Je me ruai à l'extérieur, sortis une cigarette que je me pressai d'allumer. La nicotine qui entra dans mes poumons me détendit. Une vibration me fit revenir à la réalité.

De maman :

Ton père est là. Il faut qu'on parle.

Et merde.

Chapitre 22

Benjamin

Je me garai à la va-vite et sortis en trombe de ma voiture. Je fis le code et montai les marches quatre à quatre de ce miteux immeuble où vivait ma mère. Je ne pris pas la peine de sonner et pénétrai dans cet appartement. J'entendais leurs voix dans la cuisine. Quand je le remarquai, ma colère se décupla, je voyais noir. Je me jetai sur lui, plus rien ne pouvait m'arrêter.

- QU'EST-CE QUE TU FAIS LÀ, BORDEL ? hurlai-je à l'homme face à moi, mon père.

Rien de me dire cela me donnait la gerbe. Il n'était plus rien pour moi.

- COMMENT OSES-TU TE POINTER COMME ÇA, CONNARD ? m'écriai-je tellement fort que tout l'immeuble dut m'entendre.

Mon poing rencontra sa mâchoire à plusieurs reprises. Ma mère pleurait derrière moi et me suppliait d'arrêter. Je n'en avais rien à foutre. Ce salop n'avait aucun droit d'être là.

- Ben...je dois te...parler, tenta-t-il de prononcer.

Je ris jaune. Il se fout de ma gueule en plus.

- Je t'ai dit que je ne voulais plus rien avoir à faire avec toi et que tu n'avais pas intérêt à revenir, qu'est-ce que tu n'as pas compris dans cette phrase ? crachai-je.

Je me mettais rarement dans un tel état. Il n'y avait que mon père pour me rendre ainsi. Je le fusillai du regard en attendant une réponse de sa part.

- Il faut que tu m'écoutes, fils, me supplia l'homme devant moi.

L'entendre m'appeler comme ça me mettait hors de moi. Je n'étais plus son fils depuis qu'il nous avait abandonnés, ma mère et moi. Je ne savais même pas pourquoi ma mère ne disait rien et le laissait revenir.

- NE. M'APPELLE.PLUS. JAMAIS.COMME. ÇA, grognai-je de colère.

J'essayai de respirer pour rester calme, en vain. Je sentis la main de ma mère sur mon épaule.

- S'il te plait laisse-le, murmura ma mère, paniquée.

Je le fixai encore quelques instants avant de les planter là et de partir le plus loin possible. Je montai dans ma voiture et fis gronder le moteur. Ma vie était un bordel pas possible. Je conduis sans but, quand je reçus un message de Jayden.

Mec, tu rates un truc de dingue là. Ramène-toi.

Un gars organisait une soirée gigantesque pas très loin d'ici. J'opérai un demi-tour et me dirigeai à l'adresse que Jayden m'avait transférée.

....

À peine étais-je arrivé, je m'enfilai un verre d'alcool que je trouvai, cul sec. La brulure dans ma gorge que me provoquait l'alcool me fit du bien. Je me resservis un verre et allai à la recherche de mon meilleur ami.

- Hey mec, tu es enfin là ! s'écria Jayden, sûrement déjà bien éméché.

Je ris de son comportement et il passa son bras autour de mes épaules.

- Il y a une meuf là-bas qui te bouffe du regard depuis tout à l'heure, me chuchota-t-il en me regardant avec pleins de sous-entendus dans les yeux.

Je me tournai vers celle-ci, c'était Sarah, une fille du lycée. Elle avait un corps magnifique, mis en valeur par une robe rouge, enfin un bout de tissu rouge. Il ne cachait pas grand-chose. Même si je la trouvais sexy, je ne ressentais rien. *Putain, qu'est-ce qu'elle m'avait fait ? Mec, tu penses encore à Lilly ?*
Je me mis une claque mentale et je me dirigeai vers la blonde.

- Salut Ben, dit-elle d'un ton qui se voulait séducteur.

Je ne la fis pas attendre et je me jetai sur sa bouche. Notre baiser n'avait rien de doux, tout était sauvage. Il n'avait rien de passionnel, vide d'émotion.

Je me décollai de sa bouche et lui montrai du regard l'étage. Elle me sourit, complice, et me tira en haut.

On entra dans une chambre au hasard. La porte se referma et elle se jeta sur moi. Elle ne se fit pas prier et souleva mon t-shirt. Elle passa ses mains sur mon torse pour les descendre vers mes abdos qu'elle caressa. Elle les fit glisser un peu plus bas et tenta de défaire mon pantalon. Je lui pris ses mains et repris le contrôle de la situation. Je la jetai sur le lit et soulevai sa robe. Je baissai mon jeans ainsi que mon boxer, enfilai un préservatif et entrai en elle.

Elle cria comme une folle, jeu d'acteur bonjour. Je ne ressentais rien et cela me frustrait encore plus. À bout, je me retirai et laissai là Sarah.

Je retournai au rez-de-chaussée à la recherche d'un verre d'alcool fort. Je voulais la sortir de ma putain de tête. Je pris une bouteille que je trouvai sur le plan de travail et bus directement au goulot. Lilly Collins, ce soir, tu sors de ma tête.

Lilly

Aurèle m'avait déposée il y a plus d'une heure maintenant. Il m'avait dit que désormais, il me conduirait n'importe où j'allais pour qu'il sache ce que je faisais, où j'étais et avec qui. Il me faisait de plus en plus peur. Néanmoins, il n'avait pas fait de crise depuis quelques semaines. En tout cas, pas en ma présence. Mais je sentais qu'il refoulait tout. Cela voulait dire que quand il exploserait, valait mieux que je ne sois pas là. J'étais seule face à cette situation. Il m'avait catégoriquement interdit de revoir sa sœur alors que c'était ma meilleure amie, ma sœur, ma moitié. À chaque fois que je songeai à elle, j'avais un pincement au cœur. Et ne parlons même pas de Ben. Ce n'était même pas si je croisais son regard que c'était la fin du monde. La voix de mon père me fit sortir de mes pensées. Je ne l'avais même pas entendu rentrer dans ma chambre.

- Le repas est prêt, ma chérie, m'annonça mon père.
- Je n'ai pas faim, mentis-je à moitié.

Depuis quelque temps, je n'avais plus faim, ma tête était trop embrouillée. Mais surtout, je ne parvenais pas à faire semblant avec mon père. C'était pour ça que je l'évitais. Cette situation me brisait le cœur car j'aimais mon père de tout mon être. Il me sonda quelques instants, inquiet, et sortit en acquiesçant.

Je me couchai sur mon lit et regardai le plafond. L'ennui me gagna et l'inévitable arriva. Je pris mon téléphone et ouvris les réseaux sociaux. Cela faisait plusieurs jours que je n'y étais pas allée. Je ne supportais pas voir les gens heureux, faire la fête, avoir une vie sociale.

Je fis défiler les story quand je me crispai soudain. Dans celle de Jayden, il racontait encore ses conneries. Les joies de l'alcool. Il était bien éméché en tout cas. Mais un détail derrière lui me retint. Je regardai plus attentivement. Mon palpitant s'arrêta net. Ben était en train d'embrasser une fille, Sarah, je crois. Elle était dans la même année que nous au lycée. Mon cœur se brisa en mille morceaux. Je savais que je n'avais aucun droit sur lui, c'était moi qui lui avais dit que c'était fini car je sortais avec Aurèle, mais cette situation me faisait quand même un mal de chien. J'éteignis mon téléphone et le lançai à travers ma chambre. J'essayai de retenir mes larmes, en vain. L'image des deux tournait en boucle dans ma tête. Je pleurais pendant des heures jusqu'à ce que la fatigue prenne le dessus.

Chapitre 23

Le lundi matin :

Comme à son habitude, Aurèle m'attendait devant chez moi. Je commençais à m'habituer à cette situation même si ce n'était pas facile. Je ne voulais pas qu'il s'en prenne à ceux que j'aime. Je saluai à la va-vite mon père, mais sa moue triste me fendit le cœur en deux. À contrecœur, je me retournai et sortis de la maison.

- Salut ma chérie, fit Aurèle en me prenant dans ses bras et en m'embrassant.

L'avantage de commencer à avoir l'habitude de tout ça, c'était que j'arrivais à faire semblant. Une vraie actrice.

- Coucou, lui dis-je en lui rendant son baiser.

Il m'ouvrit la portière et je m'installai dans la voiture. Il alla côté conducteur et démarra. Même si j'arrivais à jouer un rôle, ce que j'avais vu hier soir, me faisait toujours aussi mal. Je

n'aurais pas pensé que voir Ben avec une autre, allait me faire ressentir autant de choses. Mais je n'avais aucun droit de ressentir cela. Je lui avais brisé le cœur et je sortais avec Aurèle maintenant. Je poussai un soupir et la main d'Aurèle se posa sur ma cuisse.
- Ça va ? Tu as l'air préoccupée, s'inquiéta-t-il.

J'avais dit "bonne actrice" ? En fait, j'étais nulle.
- Oui oui, ça va, je n'ai juste pas beaucoup dormi, mentis-je.

Il acquiesça, peu convaincu, et se reconcentra sur la route devant lui. Arrivés sur le parking, mon palpitant commença à battre plus vite. Je n'aimais pas me montrer en public avec Aurèle, surtout au lycée. Il prit ma main et avança d'une démarche assurée.
- On se voit en cours de gym après, me salua Aurèle en s'éloignant.

À mon casier, je croisai Juliette.
- Lilly, est-ce que ça va ? On ne se parle plus et on se voit presque plus, tu me manques, m'avoua-t-elle, toute triste.

En la voyant ainsi, j'avais envie de lui avouer toute la vérité, mais c'était justement pour la protéger, que je ne pouvais pas le lui dire.

- Oui, je suis occupée, lâchai-je froidement.

Son visage se décomposa, mais elle ne répondit rien. Je me sentais tellement mal de la faire souffrir. Je me dépêchai de prendre mes affaires, mais quand je me retournai, je croisai le regard de celui qui m'était interdit. On se dévisagea pendant un bon moment jusqu'à ce que notre bulle éclate.

- Oh, mon chou, tu es là, tu m'as manqué ! s'écria Sarah en lui sautant dessus et en enfonçant sa langue dans sa gorge.

Ben écarquilla les yeux sous la surprise et je vis un sourire malicieux se dessiner sur ses lèvres. Il ancra son regard dans le mien et écrasa sauvagement sa bouche contre celle de Sarah. Il ne me lâcha pas une seconde des yeux. C'était sa façon de me faire mal. Et sa mission avait marché. Je me décomposai sur place et, sans m'y attende, je me fis plaquer contre les casiers.

- Ma belle, c'était quoi la règle la plus importante ? me chuchota Aurèle près de l'oreille d'une voix menaçante.

Il avait vu toute la scène. Prise de panique, je pressai mes lèvres sur celles d'Aurèle. Il resta sous le choc, habitué que je ne prenne jamais les initiatives, mais il rendit vite mon baiser. Je lançai un regard derrière Aurèle et vis Ben serrer les poings. Il se dégagea de Sarah et partit comme une furie. Je me détachai d'Aurèle et m'enfuis aux toilettes. J'entrai dans la première cabine vide et m'effondrai au sol.

J'avais mal à la poitrine, je sentais mon cœur se comprimer. Cette situation était horrible et moi qui pensais m'habituer. Quelle conne.

Je fondis en larmes et ne me retins pas de pleurer bruyamment, j'en avais besoin. Je ne savais pas combien de temps s'était écoulé, mais une chose était certaine : j'avais loupé mon cours de gym. Tant mieux. Je n'avais envie de voir personne. Quand je fus un peu calmée, je pris mon sac et sortis des WC. Je saisis mon téléphone pour regarder l'heure. 11 h 13. Je n'avais pas la force pour cette journée alors, je décidai de rentrer chez moi. Je vis qu'Aurèle m'avait envoyé un message.

D'Aurèle :
Je ne veux plus que tu traînes avec ma sœur, c'est trop risqué. Coupe tout contact.

Mon sang se glaça dans mes veines. Je ne passais presque plus de temps avec elle et, maintenant, je devais rompre tout contact. Je ne savais pas si j'avais le courage de l'affronter.

Et comme si l'univers m'en voulait, je la vis sortir d'une salle et se diriger vers moi en m'apercevant. Prise de panique, je fonçai vers l'extérieur.

- Lilly, attends, Lilly, attends-moi ! cria Juliette en me courant après.

Elle me rattrapa, mais je ne voulais pas me retourner vers elle.

- Lilly, fit-elle en posant sa main sur mon épaule.

C'était trop pour moi, pour mon cœur. Je lui fis face et lui lançai un regard noir.

- Arrête de me suivre, Juliette ! Nous deux, on n'est pas faites pour être amies, on est trop différentes, alors laisse-moi, lui crachai-je.

Tout ce que je prononçais, je ne le pensais absolument pas, mais je devais le lui dire, pour qu'elle me laisse la protéger.

- Mais...Lilly.

Sa voix se brisa et mon cœur avec. La voir ainsi m'était insupportable, alors je me détachai de son emprise et partis du lycée. Quand le bâtiment disparut de mon champ de vision, je m'arrêtai vers un parc et fondis de nouveau en larmes. J'en pouvais plus de pleurer. Des migraines insupportables me prenaient sans cesse. Au loin, je vis deux petites filles jouer ensemble et mes pleurs redoublèrent. Elles me faisaient penser à Juliette et moi quand on était petites. Mais tout était terminé maintenant. À cause de moi.

Chapitre 24

Juliette

Je restai figée, sous le choc. Ce qu'il venait de se passer était irréel. Lilly n'avait pas pu me dire ça, pas à moi. La sonnerie qui marquait la fin des cours retentit et me ramena à la réalité. Je courrai vers ma classe récupérer mes affaires et m'empressai de chercher mon frère. J'étais sûre que tout ce qu'il m'arrivait avec Lilly était sa faute. Pour commencer leur couple. Je n'y croyais pas un seul mot. Je savais très bien que Lilly aimait bien Benjamin et qu'elle ne voulait plus être avec mon frère et du jour au lendemain elle avait changé d'avis comme ça ? Impossible . Je reconnus sa chevelure au loin et marchai le plus vite possible. Je ne voulais pas passer pour une folle à courir après mon frère au lycée quand même. Sans qu'il s'y attende, je lui pris le bras et l'amenai dans une classe vide.

- Frangine, qu'est-ce qui me vaut cet honneur ? me demanda Aurèle, déjà agacé de me voir.

Depuis que Lilly était allée à l'hôpital, on ne s'était plus adressé la parole. Je ne le reconnaissais plus. Où était passé mon frère...

- Qu'as-tu fait à Lilly ? Pourquoi elle ne veut plus m'adresser la parole ? Je suis sûre que c'est ta faute, l'accusai-je.

Je voyais noir. J'avais une telle haine en moi à cause de lui.

- Tu parles trop, tu me donnes mal à la tête, petite sœur.
- Réponds à mes questions, hurlai-je.
- Ok doucement. Oui, c'est moi qui lui ai interdit de te voir et de te parler, tu es contente maintenant ? me demanda-t-il nonchalamment.

Non mais il était sérieux ? Il me balançait ça comme ça ?

- C'EST UNE BLAGUE ? COMMENT OSES-TU ? m'écriai-je en le poussant contre le mur.

Je vis son regard changer et c'est lui ensuite qui me plaqua contre la paroi de la classe.

- Redescends tout de suite d'un ton, Juliette, ne me parle plus jamais comme ça, me menaça-t-il tout en me fusillant du regard.

J'avais l'habitude d'affronter ses colères et ses sautes d'humeur, c'était donc pour ça que je ne craignis pas son comportement envers moi.

- Sinon quoi, Aurèle ? le provoquai-je en gardant mes yeux ancrés aux siens.

Il essayait de me déstabiliser pour que je fuie son regard, mais je fis tout le contraire.

- Si tu veux que je ne lui fasse rien du tout et qu'elle soit en sécurité, tu as intérêt à ne rien dire à personne et accepter qu'elle ne veuille plus jamais te revoir, grogna Aurèle.

Il était si proche de moi que je sentais son souffle sur moi. Il était tellement en colère que c'était comme si de la fumée sortait de ses narines. Il menaçait sa propre sœur, non mais je n'y croyais pas…

- Dans tes rêves, crachai-je, agacée qu'il se comporte ainsi.

Il se détacha de moi et se dirigea vers la sortie. J'émis un petit rire, éberluée qu'il se comporte comme un vrai connard, mais il ne fit rien finalement. Sans m'y attendre, il se retourna et encercla mon cou de sa main. Il resserra de plus en plus sa prise et l'air me manqua.

- Accepte-le, Juliette, et je te laisserai.

Je secouai la tête de désapprobation et il resserra sa main. Je devins toute rouge. Je n'avais plus d'oxygène.

- ACCEPTE-LE !

Il se mit dans une colère tellement violente que rien ne pouvait le faire revenir en arrière. Il pouvait me tuer sur-le-champ. La seule chose qui le ferait changer d'avis, c'était que j'accepte. J'étais sur le point de m'évanouir quand quelqu'un entra dans la classe.

- LÂCHE-LA ! hurla Lilly à Aurèle.

Il se tourna vers celle-ci sans me lâcher pour autant.

- Si tu ne lâches pas, j'irai voir la police et je dirai la vérité, le menaça-t-elle.

Il hésita quelques secondes avant de me lâcher. Je toussai violemment. J'essayai de récupérer l'air qui m'avait été privé. J'étais choquée qu'il était prêt à me tuer.

Il ne perdit pas de temps et emmena Lilly dehors. Je m'inquiétais pour elle. Il était si en colère que je craignais qu'il s'en prenne à elle. Après avoir repris mes esprits, je sortis de la salle de classe et envoyai un message à Ben pour tout lui expliquer.

Lilly

J'en pouvais plus de cette situation. Ce que j'allais faire risquait de m'attirer des problèmes, mais je devais le faire. Je rebroussai mes pas pour retourner au lycée. J'écrivis un message de détresse à Ben même si on ne se parlait plus et qu'il me détestait sûrement. Je le mettais en danger, mais c'était le seul en qui j'avais confiance. Il allait comprendre, c'était sûr. J'appuyai sur la touche envoyer et éteignis mon téléphone. Au moment où j'allais sortir du bâtiment, j'entendis des hurlements dans une des classes. Je me dépêchai de me diriger vers celle-ci. Quand j'ouvris la porte, je restai choquée. Aurèle était en train d'étrangler Juliette, sa propre sœur. Prise de panique, je lui hurlai dessus.

- LÂCHE-LA ! criai-je de toutes mes forces.

Il se tourna vers moi, chamboulé, mais ne défit pas sa prise sur le cou de Juliette. Je le menaçai de révéler la vérité et d'aller voir la police s'il ne la lâchait pas. Contre toute attente, il la lâcha, mais me saisit par le bras pour m'emmener dehors.

- Tu vas avoir des problèmes, de gros problèmes, Lilly, ça je te le dis, me murmura-t-il au creux de l'oreille d'un ton menaçant.

Des frissons de terreur me parcoururent. J'étais dans la merde, mais au moins, j'avais sauvé ma meilleure amie. *Enfin mon ancienne meilleure amie ?*

Il ouvrit la portière de sa voiture et me jeta à l'intérieur de celle-ci.

- Je…, tentai-je de dire.
- Ne prononce pas un mot si tu ne veux pas aggraver ton cas, cracha-t-il.

Je me raidis et obéis. Le silence qui régnait pendant tout le trajet était pesant. Je n'osais même pas respirer.

Il se gara devant son immeuble et me sortit violemment de la voiture. Il me traîna jusqu'à son appartement. Je grimaçai de douleur à cause de sa poigne sur mon bras.

- Tu me fais mal ! lui hurlai-je dessus.

Il ne fit pas attention à ma phrase et, quand il ouvrit la porte de son logement, il me jeta à travers l'entrée.

- Tu vas voir ce qui arrive aux gens qui n'obéissent pas.

La panique me gagnait. Je n'avais jamais eu aussi peur de quelqu'un auparavant. Qu'est-ce qu'il allait m'arriver...

Chapitre 25

Benjamin

Depuis que j'avais reçu le message de Lilly, quelques minutes plus tôt, j'étais d'une humeur massacrante. *Que me voulait-elle ?* C'était elle-même qui m'avait jeté de sa vie comme une vieille chaussette. Mais, même si j'étais en colère contre elle, j'avais un mauvais pressentiment. Je balayai cette idée de ma tête et me reconcentrai sur ce que me disait Sarah.

- Ce soir, il y a une fête chez Arthur, on y va pour quelques heures ? me demanda-t-elle de sa voix agaçante.

Je n'en pouvais plus. Je ne pouvais plus me la voir. Mon téléphone vibra dans ma poche et je saisis cette opportunité pour m'échapper d'elle.

De Juliette :

Lilly est en danger avec Aurèle, pas le temps de tout t'expliquer, mais faut qu'on la retrouve vite.

Mon mauvais pressentiment refit surface. Alors, j'avais raison. La panique me gagna et je laissai en plan Sarah pour retrouver Lilly.
- Eh, mais Ben ! cria-t-elle.
- Pas le temps-là, lui répondis-je à la va-vite.

J'avais d'autres choses à faire de plus important. Avec chance, je vis Juliette au loin et elle me remarqua aussi car elle s'élança vers moi.
- Li…Lilly…est…en...dan…ger, tenta-t-elle de dire, mais la panique l'en empêchait.

Elle tremblait et je ne comprenais pas grand-chose à ce qu'elle articulait.
- Juliette, calme-toi et dis-moi, essayai-je de la rassurer en posant mes mains sur ses épaules.

Elle souffla un bon coup avant de me faire face.
- Je savais que mon frère manigançait quelque chose. Il m'a menacée en m'étranglant et j'ai failli y rester. Heureusement, Lilly est arrivée à temps, mais maintenant, il va s'en prendre à elle. Je ne l'ai

jamais vu dans un tel état. Il faut qu'on se dépêche, Ben, débita-t-elle à toute vitesse.
- Ok, il faut qu'on la retrouve, suis-moi on prend ma caisse.

On entra tous les deux dans ma voiture et je démarrai en trombe.
- Où elle peut être ? demandai-je pour savoir où me diriger.
- Je suis sûre qu'il l'a emmené chez lui, attends je te mets l'adresse, fit-elle.

Elle écrivit l'adresse sur le GPS et je me dépêchai de me rendre là-bas. Arrivés en bas de l'immeuble, on sauta tous les deux en dehors de la voiture et on monta à toute vitesse les escaliers. Rendu au bon étage, je la vis à travers la porte entrouverte. La peur était peinte sur son beau visage.
- Tu vas voir ce qui arrive aux gens qui n'obéissent pas, dit Aurèle.

Je ne perdis pas une seconde de plus et pénétrai dans l'appartement. Je sautai sur Aurèle et il tomba sous la surprise. Je vis Juliette prendre Lilly pour la sortir de là. J'avais dû être déconcentré pendant quelques secondes car Aurèle reprit le dessus. J'avais de la peine à me défendre. Je reçus plusieurs coups au même endroit. J'entendais la voix déchirée de Lilly qui hurlait qu'elle ne voulait pas me laisser.

Il faut que tu te sauves, mon ange, ne t'inquiète pas pour moi…

Lilly

J'essayais de me débattre comme je pouvais, mais Juliette ne me lâchait pas. Je hurlai à pleins poumons pour qu'Aurèle laisse Ben. Il allait le tuer, c'était certain. Sans m'en rendre compte, Juliette avait réussi à m'emmener jusqu'à la voiture de Ben.

- POURQUOI TU L'AS LAISSÉ LÀ-HAUT ? IL VA LE TUER, MERDE ! criai-je sur Juliette.
- Tu étais en danger, Lilly. Il va s'en sortir, je te le promets, il ne lui arrivera rien, tenta-t-elle de me rassurer.

Je n'arrivais pas à me calmer. Tout s'était passé si vite. J'éclatai en sanglots et je sentis mon cœur se déchirer petit à petit. Juliette ne dit rien pendant tout le trajet, me laissant sortir tout ce qui me consumait à petit feu. Elle avait juste posé sa main sur ma cuisse et ce simple geste m'aidait à ne pas perdre la tête. La voiture se gara et Juliette me sortit du véhicule. J'étais épuisée et j'avais une migraine énorme à force de pleurer. Elle toqua à la porte et le visage paniqué de mon père nous fit face.

- Oh mon Dieu, Lilly, qu'est-ce qu'il s'est passé ?

Il me prit dans ses bras et nous fit entrer. J'étais complètement ailleurs, mon esprit était resté dans cet appartement où il y avait celui que j'aimais, qui allait sûrement mourir à cause de moi. Mes pleurs reprirent à cette simple pensée. J'avais si mal à la poitrine, je sentais mon cœur se serrer. Mon père et Juliette me posèrent sur le canapé et il m'apporta un verre d'eau.

- Calme-toi, Lilly, bois un peu. Ensuite, tu m'expliqueras tout.

Ils s'assirent chacun d'un côté de moi. Je bus une gorgée et reposai le verre sur la petite table. Je me tournai vers mon père et lui racontai tout depuis le début.

- Oh, ma chérie, je suis tellement désolé, tout va aller mieux, je te le promets.

Mon père me prit dans ses bras afin de me réconforter. Juliette avait tenu ma main tout le long de mon récit pour me donner du courage. *Qu'est-ce qui m'avait pris d'accepter de plus la voir ni lui parler ?* C'était ma moitié. Je l'aimais tant, d'être encore là après tout ce que je lui avais fait subir.

Je posai ma tête sur l'épaule de mon père et mes paupières devinrent lourdes.

- Je pense qu'il faut aller la coucher, elle est épuisée. Une bonne nuit de sommeil lui fera du bien, entendis-je mon père murmurer en me prenant dans ses bras.

Il me déposa sur le lit et m'embrassa la tête.

- Dors bien, ma chérie, je t'aime fort, me dit mon père au creux de l'oreille.

Il referma la porte derrière lui et Juliette me remonta la couverture sur le corps.

- Je suis là maintenant, Lilly, repose-toi. Demain ça ira mieux, chuchota ma meilleure amie en embrassant mon front.

Elle me prit dans ses bras et je me laissai emporter par Morphée.

Chapitre 26

Le lendemain :

Les rayons de soleil qui passèrent à travers mes rideaux me réveillèrent. Je me sentais épuisée, même si j'avais réussi à dormir cette nuit. Mon corps était vidé d'énergie. Mes yeux étaient secs à force d'avoir pleuré. Je m'extirpai difficilement du lit et descendis à la cuisine pour manger quelque chose. J'espérais que ça allait me donner un peu d'énergie pour cette journée.

En entrant dans la cuisine, je surpris mon père et ma meilleure amie en train de parler, mais en me voyant, ils s'arrêtèrent net.

- Vous pouvez continuer à parler, vous savez, lançai-je d'une voix encore ensommeillée en me versant une tasse de café.

Je sentis la migraine arriver. Je me massai les tempes afin de m'aider à faire passer mon mal de tête. Les deux devant moi me fixaient sans prononcer un mot.
- J'ai quelque chose sur moi ? demandai-je, perdue.

Je vis Juliette ouvrir la bouche, mais elle la referma immédiatement. Ils me cachaient quelque chose, c'était évident. Je m'assis en face d'eux et les fixai à tour de rôle.
- Bon, dites-moi ce que vous me cachez, fis-je, agacée de les voir me mentir.
- Euh…je ne sais pas trop comment te le dire…, commença Juliette.
- C'est délicat, ma chérie…, tenta mon père.

Mais que savaient-ils que je ne savais pas qui les mettait dans un tel état ?
- Crachez juste le morceau, ça ira, essayai-je de les rassurer pour qu'ils me révèlent enfin leur cachoterie.

Ils se regardèrent dans les yeux, sans savoir que faire. Je commençai réellement à perdre patience. Quand j'allai m'énerver, mon père me devança.
- Ben est à l'hôpital et il est dans le coma.

Aussitôt cette phrase était-elle sortie de sa bouche, qu'il se recouvrit ses lèvres de ses mains comme si ses mots qu'il avait prononcés lui avaient brûlé la langue.
Je restai figée à l'entente de sa confession. *Ben à l'hôpital ? Dans le coma ? Attendez, qu'est-ce qu'Aurèle lui avait fait ? Était-ce sa faute ?* Bien sûr que c'était sa faute, Lilly.
- Ne t'inquiète pas, je suis sûr qu'il va s'en sortir, me rassura mon père en posant sa main sur la mienne.

Je la retirai aussitôt. *Pourquoi ne m'avaient-ils pas prévenue avant ?* J'étais furieuse contre eux, mais mon inquiétude pour Ben prit le dessus.
- Comment avez-vous pu me cacher ça ?

Ma voix se brisa à la fin de ma phrase et j'éclatai en sanglots. Juliette et mon père me prirent immédiatement dans leurs bras et essayèrent de me réconforter comme ils le pouvaient. Je me demandais encore comment je pouvais verser des larmes après tout ce que j'avais pleuré. Ça n'allait jamais se finir.
- Quand on l'a appris, tu dormais déjà, on ne voulait pas te réveiller, se justifia mon amie.
- Tu peux aller le voir cette après-midi, me proposa mon père, tentant de me calmer.
- Je veux le voir, lançai-je.

- Je t'accompagnerai alors, me répondit ma meilleure amie en me serrant fort dans ses bras.

Je lui rendis son étreinte et m'y blottis.

- Je dois retourner au travail, mais je suis sûr que tout ira bien, ma chérie.

Il nous salua avant de quitter la maison.

- Va te préparer, je te prépare un truc à manger et je t'amène à l'hôpital, m'annonça ma meilleure amie en se dirigeant vers la cuisine.

…………

Assise du côté passager, je fixais l'immeuble qui me faisait face : l'hôpital. J'étais stressée de voir dans quel état était Ben. Après tout ce que je lui avais fait, peut-être qu'il ne voudrait pas me parler. Il était dans le coma certes, mais je me demandais ce qu'il aurait voulu s'il était réveillé. Je pris une grande respiration et me détachai enfin. J'entendis la portière de Juliette claquer derrière moi.

- Ça va aller, me rassura-t-elle en m'offrant son beau sourire.

Qu'est-ce que je ferais sans elle ?

Je suivis Juliette qui se rendit vers l'accueil.

- Bonjour, pourriez-vous nous indiquer la chambre de Benjamin Justin s'il vous plaît ? demanda-t-elle à la jeune femme qui était assise en face de nous.

Elle tapa sur son ordinateur et nous indiqua la chambre 317. On la remercia et on se dirigea vers la chambre. Arrivée devant celle-ci, je regrettai d'être ici, je ne méritais pas de le voir. Je tentai de me détourner, mais Juliette fut plus rapide que moi et me poussa vers l'entrée.

- Allez, vas-y, m'encouragea ma meilleure amie.

Je pénétrai dans cette pièce, le bruit des machines parvint immédiatement à mes oreilles. Je fis quelques pas et je le vis enfin. Je poussai un cri d'effroi en le découvrant. Je posai ma main sur ma bouche tant le choc était fort. Je me rapprochai de lui et ne sus pas quoi faire. Son corps étaient recouvert de bandages et d'égratignures. Je me sentais si mal qu'il soit dans cet état à cause de moi. Je m'assis à côté de son lit et lui pris la main. Au premier mot que je prononçai, j'éclatai en sanglots. Ça me déchirait le cœur. Je tentai de me calmer, en vain. La voix d'une femme me ramena à la réalité.

- Tu es Lilly, je présume, me dit-elle.

Ça devait être la mère de Benjamin. Elle lui ressemblait tant. Ils avaient les mêmes yeux de couleurs bleu océan. Je me levai d'un coup.

- Excusez-moi d'être ici, je m'en vais.

Elle me retint par le bras.

- Tu n'y es pour rien, Lilly, et tu as le droit d'être ici.

Elle m'offrit un sourire rassurant. Je me réinstallai sur la chaise sur laquelle j'étais assise tout à l'heure. Je me sentais de trop. J'avais l'impression de gâcher un moment entre mère et fils.

- Tu l'aimes, pas vrai ? me demanda-t-elle sans que je m'y attende.

Sous le choc, je ne répondis rien. Je ne savais pas trop. Je tenais beaucoup à Ben certes, mais avec tout ce que je lui avais fait subir, je ne le méritais pas. Je ne méritais pas d'éprouver des sentiments à son égard.

- Il t'aime aussi, Lilly et, il sera tellement heureux en apprenant que tu es venue le voir, me lança la mère de Ben en voyant que j'étais perdue dans mes pensées.

Je lui souris sans savoir vraiment quoi lui répondre. Après quelques minutes, elle quitta la chambre et me laissa seule avec son fils. Je ne voulais plus partir d'ici jusqu'à qu'il se réveille. Je voulais m'assurer qu'il aille bien.

Je m'installai plus confortablement sur la chaise et m'endormis, tenant toujours la main de Ben dans la mienne.

Chapitre 27

Une douleur dans le dos me réveilla. Je ne me souvenais pas tout de suite où je me trouvais. Quand je vis les murs blancs ainsi que le grand lit entouré de machines avec Ben couché dessus, tout me revint. Je m'étirai pour faire passer le mal de dos. J'avais dû m'endormir dans une mauvaise position. Par la fenêtre, je remarquai que la nuit était tombée. Je sortis mon téléphone et 21 heures s'afficha dessus. Même si je m'étais assoupie, j'étais épuisée. À contrecœur, je décidai de rentrer chez moi pour me reposer. Je reviendrai demain matin. Je pris mes affaires, regardai encore quelques minutes Ben plongé dans le sommeil et partis. Je fus surprise de trouver Juliette dans la salle d'attente.

- Tu m'as attendue ? lui demandai-je, surprise.
- Bien sûr, je serai toujours là, Lilly, je te l'ai dit, me dit-elle en se levant de sa chaise.

On sortit de l'hôpital et on se dirigea vers sa voiture.

- Ça te dit d'aller manger un morceau avant que je te ramène ? me proposa-t-elle en rentrant dans le véhicule.
- Oui, je meurs de faim.

Elle enclencha le moteur et on alla chercher des burgers. Dès qu'on réceptionna la commande, je lui indiquai mon envie d'aller manger au lac que Ben m'avait montré. J'ouvris le coffre de la voiture et on se posa pour manger. Le ciel étoilé était magnifique. J'espérais voir une étoile filante, un espoir que Ben s'en sortirait.

- Tu vas aller en cours demain ? me demanda Juliette, ce qui me fit sortir de mes pensées.
- Je ne pense pas, je crains de croiser Aurèle et je préfère rester avec Ben.

Elle sourit.

- Quoi ? fis-je dans l'incompréhension.
- Tu l'aimes, pas vrai ?

Sa phrase était davantage une affirmation qu'une question. Je ne savais pas trop ce que je ressentais pour Benjamin, mais j'avais ce besoin permanent de m'assurer qu'il allait bien. Je ne savais pas trop quoi lui répondre, alors je haussai les épaules. Après avoir fini notre repas, elle me ramena chez moi.

- Merci d'avoir été là pour moi, tu es la meilleure, la remerciai-je en la serrant fort dans mes bras.
- Tu peux compter sur moi, ma belle.

Elle m'embrassa le front avant de se diriger vers sa voiture.

- Prends soin de toi, Lilly, je t'aime fort.
- Je t'aime aussi.

Je me retournai et ouvris la porte de chez moi. Je trouvai mon père sur le canapé à m'attendre. Dès qu'il me vit, il se leva et me prit dans ses bras.

- Comment va-t-il ? me demanda-t-il.
- Il est toujours dans le coma, mais sinon il va bien.

Il me serra plus fort. Tout ce dont j'avais besoin tout de suite, c'était l'amour de mon père et je ne pourrais jamais le remercier assez d'être là pour moi chaque jour.

- Je ne veux pas que tu retournes en cours pour l'instant. Tu peux rester à l'hôpital au chevet de Ben si tu le veux, me dit mon père.
- Merci, murmurai-je tellement doucement que je ne savais même pas s'il m'avait entendue.

J'avais les larmes aux yeux et pour une fois pas de tristesse. J'étais heureuse d'être entourée de personnes formidables dans des moments pareils.

- Bon je vais aller me coucher, lançai-je en me détachant de son étreinte.
- Oui, repose-toi bien, ma puce.

Il m'embrassa le crâne et partit vers sa chambre. Je ne pris pas la peine de me changer et m'écroulai dans mon lit. Mon corps avait besoin de sommeil.

....

Je ne savais pas pourquoi, mais aujourd'hui, je me sentais mieux. Je décidai de profiter de ma bonne humeur pour préparer le petit déjeuner.

- Ça sent bon ici, qu'est-ce que tu prépares ? demanda mon père depuis le couloir.

Je le vis apparaître et venir me saluer.

- Je suis content que tu ailles mieux. Tu es magnifique quand tu souris.

Je souris davantage à ses paroles et finis les pancakes que je préparais.

- Et voilà pour toi.

Je le servis et on mangea tranquillement en parlant. Je débarrassai mon assiette et monta finir de me préparer.

- Tu veux que je te dépose ? me proposa mon père.
- Oui, merci beaucoup, papa.

Je descendis de la voiture, remerciai mon père et me dirigeai vers la chambre 317.

Quand j'entrai dans la pièce, je tombai nez à nez avec un homme.

- Excusez-moi, je vous laisse, lançai-je, honteuse en sortant de la chambre.
- Non, restez s'il vous plaît, me retint l'inconnu.

Je me retournai et posai mes affaires sur la chaise. J'étais un peu mal à l'aise. Je ne savais pas qui était cet homme. *Le père de Ben, son oncle, son cousin ?*

- Désolé d'avoir été impoli. Je m'appelle Philippe Justin, je suis le père de Benjamin, me dit-il comme s'il avait lu dans mes pensées.

Benjamin ne m'avait jamais parlé de son père. J'avais pensé que peut-être, il était mort. Je m'étais trompée.

- Je suis Lilly, la…une amie de Ben, me présentai-je également même si j'aurais préféré le rencontrer dans d'autres circonstances.

Je m'assis sur la chaise et regardai Ben dormir.

- Benjamin me tuerait s'il savait que j'étais là, fit le père de ce dernier.

Je levai la tête, pas sûre de comprendre.

- Cela faisait 10 ans que je ne l'avais pas vu. Je venais de revenir dans sa vie, mais lui ne voulait pas, je peux le concevoir.

Alors voilà pourquoi il ne m'avait pas parlé de lui. Je comprenais un peu mieux.

- Je les ai abandonnés, lui et sa mère, il y a dix ans et je m'en veux terriblement, se confia-t-il.

Les remords se voyaient sur son visage. La colère me monta. *Comment un homme pouvait-il abandonner sa femme et son propre fils ?*

- Mais si je l'ai fait c'était pour une bonne raison et c'est pour ça que je voulais revoir Benjamin pour tout lui dire, malheureusement, il n'a rien voulu entendre, se justifia Philippe.

Je le regardai pour qu'il poursuive. Il me raconta tout ce qui s'était passé dans sa vie. Depuis la rencontre avec la mère de Ben, sa naissance jusqu'à la raison qui l'avait poussée à partir. En sachant la vérité je le voyais différemment. Je le comprenais mieux.

- Lilly, pourrais-tu me promettre quelque chose ?

Je ne savais pas à quoi m'attendre, ni si je pouvais tenir cette promesse. J'acquiesçai quand même.

- Quand il se réveillera, convaincs-le de me laisser tout lui expliquer. Je ne demande qu'il me pardonne, je veux juste qu'il sache la vérité.

De l'espoir se voyait dans son regard. Il pensait que j'allais pouvoir faire changer d'avis son fils. J'étais triste pour lui car je savais que c'était impossible, mais je lui promis d'essayer. J'allais faire tout mon possible.

- Merci beaucoup, me lança-t-il.

Il commença à ranger ses affaires pour partir, je présume.

- Il faut que j'y aille, mais je suis très heureux d'avoir fait ta connaissance, Lilly, mon fils a de la chance de t'avoir.

Il me dit cela juste avant de quitter la chambre. Je posai mon regard sur Ben. J'espérais tellement qu'il reviendrait.

- J'ai besoin de toi, Ben, réveille-toi je t'en supplie, murmurai-je en le regardant.

À ce moment-là, je compris ce que je ressentais pour lui. Je devais me l'avouer. J'aimais Benjamin Justin.

Chapitre 28

Benjamin

Plusieurs semaines plus tard :

Cette sensation quand on venait de se réveiller d'un long rêve, c'était exactement ce que je ressentais à l'instant. J'ouvris les yeux et ne compris pas tout de suite où je me trouvais. J'analysai ce qui se trouvait autour de moi et réalisai que j'étais dans une chambre d'hôpital. *Qu'est-ce qui m'était arrivé ?*

Un mouvement près de moi retint mon attention. J'écarquillai les yeux en voyant Lilly, la tête posée sur mon lit, en train de dormir. *Que faisait-elle là ?*

Je voulus la réveiller, mais le spectacle qui s'offrait devant mes yeux était trop beau pour l'interrompre. Elle était magnifique. Elle avait l'air si calme et apaisée dans son sommeil. Après

quelques minutes à la contempler, je décidai de quand même la sortir de son rêve.
- Lilly, l'appelai-je en la secouant doucement par les épaules.

En posant mes mains sur elle, j'eus comme une décharge électrique dans tout le corps. *Mais qu'est-ce qui m'arrivait ?*
- Mmmh, grogna-t-elle, sûrement irritée qu'on la sorte de son rêve qu'elle était en train de faire.

Sans que je m'y attende, elle se leva d'un bond et se figea. Un peu perdu, je demandai :
- Ça va ?
- Euh...oui et...oh mon Dieu, tu es enfin réveillé ! Il faut que j'appelle un médecin, s'écria-t-elle en se ruant en dehors de la chambre.

Enfin ? J'avais dormi combien de temps ?
Un médecin fit son entrée.
- Bonjour Benjamin, heureux de vous revoir parmi nous, dit-il avec un sourire rassurant.

Il dut voir mon incompréhension car il continua.
- Il y a sept semaines, tu as reçu plusieurs coups, notamment à la tête, ce qui t'a plongé dans un coma, m'informa le médecin.

D'un seul coup tout me revint : la panique en apprenant que Lilly était en danger, la retrouver dans l'appartement d'Aurèle et le moment où il allait s'en prendre à elle.

- Où est-il maintenant ? demandai-je froidement.

Toute la colère que j'avais eue pour Aurèle me submergea. J'espérais qu'il ne s'en était pas sorti.

- Je laisse votre amie vous expliquer, je venais juste m'assurer que tout allait bien, fit-il.

Il resta quelques minutes encore, à m'ausculter et quitta la chambre en m'apprenant que je pourrai sortir dans quelques jours.

Un silence s'installa dans cette pièce. Aucun de nous n'osait entamer cette discussion.

- Je suis désolé, nous fîmes en même temps.
- Toi d'abord, lui dis-je en riant.

Un petit sourire apparut sur ses lèvres, mais disparut immédiatement. Son air sérieux me fit froid dans le dos.

- Je t'ai menti, Ben, lança-t-elle.

Je la regardai sans émettre un seul mot, l'invitant à continuer.

- Je...je ne sais pas trop par où commencer à vrai dire.

Le soir où on s'est...embrassés, hésita-t-elle à prononcer.

À ces simples paroles, elle devint toute rouge, ce qui me fit sourire.

- Quand j'ai vu Aurèle, il ne voulait pas juste qu'on discute, il m'a menacé moi et tous mes proches, surtout toi si je ne sortais pas avec lui, m'avoua Lilly en baissant le regard.

Je tapotai le lit pour qu'elle se rapproche de moi.

- Regarde-moi, Lilly, explique-moi tout, je t'écoute.

Elle leva la tête et ancra son regard dans le mien. Après hésitation, elle s'assit près de moi.

- J'ai essayé de lui tenir tête, de lui dire que je ne voulais pas, mais quand il a commencé à être agressif et à me menacer, j'ai perdu tous mes moyens.

Une larme coula le long de sa joue. Avec mon doigt, je l'essuyai.

- Je m'en veux terriblement, Ben, je n'aurais jamais dû te l'annoncer ainsi.

Ce n'était plus une larme qui coulait, mais un torrent de larmes.

- Lilly, ce n'est pas grave, tu es là maintenant.

Je la pris dans mes bras. Elle essayait de retenir ses pleurs, en vain. Après s'être calmée, elle me fit face.

- Ben, je ne voulais pas ça, ce n'est pas lui que j'aime.

Mon cœur battait la chamade. *Est-ce qu'elle ressentait en fin de compte la même chose que moi ?* En écoutant la suite, j'allais avoir ma réponse.

- C'est...c'est toi que j'aime.

Elle baissa la tête immédiatement, gênée d'avoir ouvert son cœur ainsi.

Je repoussai une mèche qui lui tombait sur le visage et lui caressai ses lèvres. Dans mon souvenir, elles étaient si douces. J'avais envie d'y goûter encore une fois.

- Lilly, je peux t'embrasser ? lui demandai-je au bord de la crise cardiaque.

Mon cœur battait si vite dans ma poitrine. Elle ne me répondit pas et pressa ses lèvres contre les miennes. C'était comme si j'avais été privé d'oxygène et que je le retrouvais enfin. Je pris en coupe son beau visage et approfondit notre baiser. On se sépara l'un de l'autre pour reprendre notre souffle. Elle se coucha près de moi et posa sa tête sur mon épaule.

- J'ai toujours rêvé que ce moment arrive, lui avouai-je timidement.

Elle ria avant de me dire qu'elle aussi. *Qu'est-ce que je l'aimais !*

....

- Ah, Ben, il faut que je te dise quelque chose, fit-elle tout d'un coup anxieuse.

Mon sourire s'effaça.

- Pendant ton coma, ton père est venu et... commença-t-elle.
- Je ne veux pas en parler, la coupai-je ne voulant pas parler de lui.

Je détestais le sujet "papa", dès qu'il était abordé, je me refermais automatiquement. Mais pour la première fois, en voyant la tête de Lilly, je regrettais d'avoir été si froid.

- Désolé, je ne voulais pas te répondre aussi sèchement. C'est juste que je n'aime pas parler de lui, lui avouai-je en la serrant dans mes bras.
- Je comprends, mais écoute-moi s'il te plait, après on n'en discutera plus, promis.

J'hésitai quelques secondes et acquiesçai.

- Il m'a raconté tout ce qui s'est passé et tu devrais l'écouter, attends laisse-moi finir, m'arrêta-t-elle en voyant que je l'allais rétorquer. J'ai...j'ai perdu ma mère il y a quelques années et je ferai tout pour la revoir. Ce que je veux dire c'est qu'on ne sait pas de quoi sera fait demain et je ne veux pas que tu regrettes ton choix s'il lui arrivait quelque chose.

J'écoutais attentivement ce qu'elle venait de me dire. C'est la première fois qu'elle se confiait à moi sur sa mère. Je savais que c'était un sujet sensible pour elle.

- Je ne peux pas te promettre de lui pardonner, mais je te promets que je le laisserai tout m'expliquer, dis-je enfin sans croire à ce que je venais de prononcer.

Moi, Benjamin Justin, je venais d'accepter de voir mon père et de l'écouter ? Impossible, mais c'était la réalité.

- Merci, me remercia-t-elle en m'embrassant.

Je me sentais si bien à ses côtés que je pouvais faire n'importe quoi tant que ça la rendait heureuse. Je voulais la rendre heureuse.

Chapitre 29

Lilly

Aujourd'hui, Ben sortait enfin de l'hôpital. Après de nombreux examens et l'accord du médecin, c'était le retour à la maison pour lui. Depuis qu'il s'était réveillé et qu'on s'était avoué nos réels sentiments l'un envers l'autre, on ne se quittait pas une seconde, à part lorsque je devais aller en cours. J'y étais de nouveau allée depuis deux semaines. La police n'avait pas retrouvé Aurèle et on n'avait eu aucune nouvelle de lui depuis. Je ne voulais pas arrêter de vivre et être sur mes gardes à longueur de journée.

- Tu peux me prendre ça, s'il te plait ? me demanda Ben en me sortant de mes pensées.
- Oui, bien sûr, donne-le-moi.
- Est-ce que ça va ? s'inquiéta-t-il me voyant que j'étais ailleurs.

- Tout va bien, le rassurai-je en déposant un rapide baiser sur ses lèvres.

Il prit ses dernières affaires et on quitta l'hôpital. J'avais enfin eu mon permis, donc aujourd'hui c'était moi qui conduisais.

- Lilly ? hésita Ben.
- Oui ? répondis-je, perplexe par son changement d'humeur.
- Je…je vais voir mon père demain, m'avoua-t-il timidement.
- Sérieux ? Mais c'est génial, Ben, je suis fière de toi, le félicitai-je d'un regard fier.

Je me reconcentrai vite sur la route, je ne voulais pas causer un accident. J'étais si contente pour lui. Je savais que ce n'était pas facile, mais il lui laissait une chance.

- Merci d'être là pour moi, Lilly, lança Ben en m'embrassant la joue.

Je me garai devant chez lui et l'aidai à transporter ses affaires.

- Je reviens dans une demi-heure, je rentre chez moi voir mon père avant qu'il parte pour son travail, le saluai-je en me ruant à l'extérieur.

Il fallait que je me dépêche. Mon père allait s'absenter pendant deux semaines pour son business. Une fois la voiture garée, je sautai hors du véhicule et entrai dans la maison.
- Tu es là ! J'ai cru que j'allais devoir partir sans te dire au revoir ! s'exclama mon père en me prenant dans ses bras.
- J'ai fait aussi vite que j'ai pu.
- Comment va Ben ? me demanda-t-il.
- Très bien, je vais le rejoindre après.

Il m'embrassa le front une dernière fois avant de partir.
- Ah, et au juste, tu as reçu une lettre, je ne l'ai pas ouverte. Jettes-y un œil, lança mon père depuis l'entrée.

Je me dirigeai vers le courrier et ouvrit la lettre.

Chère Lilly,

Promets-moi de lire cette lettre jusqu'à la fin. Je sais que tu n'as aucun compte à me rendre alors fais le pour toi.

J'ai beaucoup réfléchi à ma vie ces derniers temps et je n'aurai jamais dû me comporter ainsi avec toi. J'ai compris aussi que mes problèmes prenaient le dessus sur ma vie. Il était temps d'arrêter d'être dans le déni et faire quelque chose.

Tu n'as plus eu de nouvelles de moi depuis le fameux soir et c'est normal.

Je me suis enfui dans une autre ville et j'ai commencé un vrai traitement. Je suis actuellement interné et pris en charge par des médecins. Je ne veux plus faire de mal à qui que ce soit.

Lilly, je t'aime depuis toujours, je ne te l'avais jamais dit avant car j'avais peur. Peur que ça ne soit pas réciproque. En te faisant vivre un enfer, je te montrais en fait mes sentiments sans m'y confronter réellement.

Je regrette tellement d'être parti, de ne plus avoir donné signe de vie. C'était lâche de ma part. Je ne supportais pas d'être loin de toi.

Quand je t'ai revue, j'ai cru que tout allait pouvoir revenir comme avant. En voyant que je n'étais plus le seul choix, je l'ai pris comme une compétition. Il fallait absolument que je t'ai. C'était vital. Mes problèmes en plus et voilà ce que ç'a donné. Je sais que ça ne m'excuse en rien en revanche.

Je suis conscient maintenant que tu ne me choisiras jamais, que ton cœur a fait son choix et que ce n'est pas moi. Au fond de moi, j'aurai toujours cet espoir que tu reviennes vers moi. Je ne m'excuse pas pour cela car je n'y peux rien.

J'ai pris conscience que j'étais un poids dans ta vie et je te fais la promesse de jamais revenir si je le suis toujours pour toi.
Je te souhaite d'être heureuse avec Ben ou n'importe qui temps que tu es bien.
Ne réponds pas à cette lettre s'il te plaît c'est mieux ainsi.
Aurèle

Mes larmes inondèrent mon visage. C'étaient des larmes de soulagement. Savoir qu'Aurèle n'allait plus s'en prendre à moi et qu'il allait réellement se faire aider m'enlevait un énorme poids sur les épaules. Un livre venait de se fermer et j'allais enfin pouvoir en commencer un nouveau, avec Benjamin. Après avoir lu cette lettre, je ressentis quand même un pincement au cœur pour Aurèle. Je savais tout ce qu'il avait dû endurer, mais comme il l'avait dit ça n'excusait rien.
Je décidai de tout lui pardonner et ne pas lui en vouloir pour toujours.
Je montai dans ma chambre et rangeai la lettre dans ma boîte où j'accumulais les choses importantes. Je la regardai encore quelques secondes avant de la remettre à sa place.
Lorsque je retrouvai Ben chez lui, je me sentais enfin heureuse à 100 pourcents.

- Qu'est-ce qui te fait sourire comme ça, mon ange ? me demanda Ben en riant en voyant mon sourire béat scotché à mon visage.
- Rien, je suis juste heureuse.

Il me prit dans ses bras et me chuchota près de l'oreille :

- Tu es mon bonheur, tu me rends heureux chaque jour, Lilly, lança-t-il en me serrant dans ses bras.

Voilà ma définition du bonheur.

Remerciement

Voici la fin de mon premier livre et je te remercie infiniment d'être arrivé jusqu'ici. J'espère que l'histoire de Lilly et Benjamin t'aura plus.

Je tiens à remercier ma famille et mes amis de m'avoir soutenu dans ce projet qui était un de mes plus grands rêve. Comme on dit toujours, il faut croire en ses rêves.

Je remercie également mes bêta-lectrices et mes bêta-lecteurs de m'avoir aidé à rendre "A girl for two boys" le mieux possible. Si j'en suis ici aujourd'hui c'est en partie grâce a vous.

Et pour finir, je remercie mes lecteurs sur Wattpad. Merci d'avoir lu et cru en moi. De m'avoir donné de la force et m'avoir aidé à ne jamais lâcher.

Si on m'avait dit, il y a quelque mois que je sortirai mon premier livre, j'aurai sûrement ris au nez de la personne.

J'ai beaucoup apprécié écrire ce premier roman et j'ai hâte d'en écrire pleins d'autres.

Pour plus d'informations sur mes prochains projets, ça se passe sur mes réseaux :

Instagram : bookinsta_swiss

TikTok : Alysushii

Je vous aime fort et on se retrouve très vite.

Loi n°49-956 du 16 juillet 1949 sur les publications destinées à la jeunesse, modifiée par la loi n°2011-525 du 17 mai 2011.

© 2023 Alyssa Rodriguez
Édition : BoD - Books on Demand, info@bod.fr
Impression : BoD - Books on Demand, In de
Tarpen 42, Norderstedt (Allemagne)
Impression à la demande
ISBN : 978-2-3224-7495-0
Dépôt légal : juin 2023